박솔뫼

1985년 전남 광주에서 태어났다.
2009년《자음과모음》신인문학상을 받으며 등단했다.
장편소설『을』,『백 행을 쓰고 싶다』와
소설집『그럼 무얼 부르지』가 있다.
김승옥문학상, 문지문학상을 수상했다.

KB108956

표지 그림·신지현
디자인·최지은

도시의
시간

도시의

시간

오늘의 젊은 작가 05

박솔뫼
장편소설

민음사

1

제니 준 스미스.

1954년 태어남.

1976년 '돌핀(Dolphin)'이라는 제목의 음반을 발표, 몇 차례의 공연을 가졌다. 이후 아무런 음악적 활동을 하지 않았다. 준의 음악은 발표 직후에는 별다른 반응을 얻지 못했으나 시간이 흐르며 서서히 그의 음악을 찾아 듣는 사람들이 생겨났다. 2000년대 초입, 준의 첫 번째 음반은 재발매되었다.

2

넌 참 못한다, 못해. 그게 처음 들은 말이었다. 그때 우나는 마늘을 까고 있었고 나와 배정은 맞은편에 앉아서 시트콤을 보고 있었다. 우나는 화장실에 가려다 미끄러져 마늘 껍질을 담아 놓은 통을 엎질렀다. 정신없이 마늘 껍질을 주워 담으려다가 이미 깐 마늘들을 엎었다. 우나는 양손에 마늘 껍질을 쥔 채로 멍하게 까진 마늘들이 상 위를 구르는 것을 보았다. 그때 우나의 엄마가 그랬다. 넌 참 못한다, 못해. 우나의 엄마는 싱크대에서 불고기 간을 보고 있다가 뒤돌아서서 그 말을 내뱉었다. 나와 배정은 우나를 도우면서도 정말 얘는 정신이 없구나, 못해, 왠지 다 못할 거 같아 그런 생각을 했다. 그날 저녁엔 모두 한 상에 모여 불고기와 잡채를 먹었다. 김밥도 있었고 김치전도 있었다. 외국인이 좋아하는 한국 음식들을 모아 놓은 상차림 같았다. 어쨌거나 맛있었다. 우나는 핀잔을 들었고 밥은 맛있었다. 나는 그게 생각이 난다.

정말로 우나는 잘하는 게 없었다. 이제야 그런 생각이 든다. 참 못한다 못해 확실히 그랬다. 하지만 나는 우나가 좋았다. 우나를 사랑했다. 지금도 우나를 생각하고 생각한다. 그렇게 우나를 생각하다 보면 우나가 뭘 잘했는지 기억이 난다. 우나는 기다리는 것을 잘했다. 가만히 있는 것을 잘했다. 정말 잘했다. 그때 나는 혼자 오래 걷는 것을 잘했는데 혼자 오래 걷는 것은 기다리는 것을 잘하는 우나와 어울리는 특기였다. 모두 미련하고 목가적이고 종교적이고 반사회적이다. 쓸모가 없네, 그런 생각이 든다. 그때 나는 아침에 일어나 눈을 뜨자마자 밥을 먹었고 이를 닦았고 가방을 챙겼고 인사를 했고 집을 나와 걸었다. 걷고 또 걸었다. 걸어서 한 시간 30분이 걸리는 시내의 도서관까지 갔다. 도서관을 돌아다니며 책을 보다가 몇 권을 반납하고 빌렸다. 오후가 되면 시내의 입시 학원으로 가 재수생 단과반 수업을 들었다. 수업이 끝나면 걸어서 집에 왔다. 매일 걸었다. 도서관에 도착해서도 걸었고 점심을 사 먹고 나서도 걸었고 수업이 끝나 어둑어둑해져도 옷 가게 사이사이를 걸었다. 그리고 걸어서 집에 왔다. 내가 그러는 동안 우나는 설거지를 하고 방 청소를 했다. 그리고 음악을 들었다. 가만히 앉아 자신이 기다리는 것을 생각했다. 우나는 설거지도 서툴렀고 방 청소라고 나을 게 없었다. 하지만 가만히 있는 것과 기다리는 것을 잘하니 나머지 시간에는 잘하는 걸 했다. 나는 한없이 산만했고 학원 수업에는 집중을 못했지만 걷는 것을 잘하니 걷고 또 걸었다. 우리는 해야 하니까 못하는 걸 했고 나머지 시간에는 잘하는 것을 했다.

우나의 집에서 불고기와 잡채를 먹은 건 우나의 엄마가 우리를 초대했기 때문이었다. 나는 배정과 같은 학원에 다니고 있었고 배정은 우나와 같은 동네에 살았다. 배정의 집은 우리 집과 멀지 않았는데 배정이 지나가다 우나에게 말을 걸었다나 이제는 기억나지 않는 그런 사소한 계기였다. 우리는 그렇게 대충 다 비슷한 데 모여 살았고 모두가 한가했다. 그때 우나의 엄마는 딸의 친구들을 불러서 맛있는 것을 해 줬다. 그냥 자기가 먹고 싶었을 수도 있다.

"야. 너는 이름이 뭐니?"

"배정인데요."

"배정이?"

"아니요. 배정이요."

"배정희?"

"아니요. 성이 배고요 이름이 정인데요. 정이요. 정."

"오, 정이야? 이름이 외자야?"

"네."

"그럼, 배 군이니, 정 군이니?"

"배 군으로 부르고 싶을 때는 배 군으로 불러 주시고요."

"정 군으로 부르고 싶을 때는 정 군으로 불러도 되니?"

우나의 엄마와 정은 낄낄거리며 웃었다. 나는 이게 왠지 느끼하다고 생각했다. 이상한 대화네. 우나는 당면만 열심히 집어 먹고 있었다. 우나의 엄마는 내 이름은 물어보지도 않았다. 그 이후로도 물어본 적이 없는데 알고 있었으려나. 몇 번 불렀던 것도 같고, 한 번도 들어 본 적 없는 것도 같다. 나와 우나는 아무 말 없이 고개를 숙이고 젓가락만 움직였다. 우리는 한 테이블에서 밥을 먹었지만 배제되었고 존재감이 없었다. 우나의 엄마는 혼자 웃으며 배 군, 정 군 하고 불렀다. 배정은 왜 그렇게 웃으시냐고 더 크게 웃으며 말했다. 배정은 그때 정말 잘 먹었다. 한 그릇을 금세 다 비우고 두 그릇째를 먹기 시작했다. 우나의 엄마는 이미 깨끗이 비운 불고기 접시를 들고 다시 가득 채워 왔다. 나는 말없이 잡채와 김치전을 먹고 또 먹었다. 우리가 음식을 다 먹어 가자 우나의 엄마는 배를 썰어 왔다. 배 군, 배 가져왔어. 아 그렇네요 제 과일이네요 그리고 둘은 웃었다. 우리는 각자 먹은 그릇을 싱크대로 치웠다. 우리는 배를 먹으며 가요 프로그램을 봤다. 우나의 엄마는 물을 끓여서 커피를 마셨다. 너희는 안 돼, 아직 어리니까. 이런 말도 했다. 커피는 진작부터 마셨는데. 배도 다 먹고 넋놓고 가요 프로그램을 보고 있을 때 우미가 집에 들어왔다. 우미는 손을 씻고 오더니 아무 말 없이 밥 위에 불고기를 얹어서 우나 옆에 앉았다.

나와 배정은 어정쩡하게 인사를 했다. 정은 우미를 힐끔힐끔 쳐다봤고 나는 뚫어져라 쳐다봤다. 왠지 자꾸만 보게 되는 얼굴이었다. 우나의 엄마는 쇼 프로에 나오는 가수들 하나하나를 품평했다. 얘는 일본 가수 누구를 그대로 베꼈네, 쟤네는 정신없기만 하잖아. 이런 식이었다. 나는 우나에게 네 방은 어디냐고 물었고 우나는 나를 데리고 맞은편 작은 방의 문을 열었다. 우나의 방은 천장의 한쪽 부분이 삼각형 모양으로 내려와 있다고 해야 할지, 튀어나왔다고 해야 할지 그런 식으로 멋을 부렸다고 해야 할지, 어쩔 수 없이 그랬다고 해야 할지 그런 모양이었다. 삼각형의 밑변 부분 쪽에 침대가 있었고 꼭짓점 쪽에 문이 있었다. 침대 옆에는 작은 상이 하나 있었고 침대 맞은편으로 옷과 책이 들어 있는 상자가 몇 개 있었다.

우나는 침대 위로 올라와 벽에 등을 기대고 앉았다. 나는 우나의 침대에 누워서 천장을 보았다. 우나의 발은 내 허리에 닿았고 내 허리는 우나의 발가락을 눌렀다. 방문 너머로 우나 엄마의 목소리가 들렸다. 우나 엄마는 텔레비전에 대고 참견을 했다. 애네는 왜 이것밖에 못하니. 비난을 했다. 우나 엄마가 말을 멈추면 댄스 가요가 들렸다. 누군가 열심히 부르고 있었다. 비난에 아랑곳하지 않고. 우나는 벽에 등을 기대고 노래를 흥얼거리다 일어나 방을 나갔다. 우나의 발가락이 있던 자리가 허전했다. 방은 어둡고 밖에서 나는 소리는 왠지 먼 곳에서 들리는 것 같았다. 내일은 무얼 해야 해? 왜 처음 온 곳이 편안해? 왜 몸은 무겁고 왜 피곤하기만 해? 그런 질문이 갑자기 쏟아졌다. 끝없이 졸렸다. 이대로 잠이 들면 안 된다고 생각했을 때 우나가 쟁반에 커피를 들고 왔다. 쟁반 위에는 프림과 설탕도 있었다. 나는 우나가 하는 대로 액상 프림을 따서 넣고 한번 마셔 본 후 설탕을 약간만 넣었다. 불도 켜지 않고 어둑어둑한 방에서 커피를 마셨다. 커튼이 분홍색이어서 창 쪽은 분홍색이었다. 나는 웃으면서 커피를 마셨다. 왠지 웃음이 터져 나왔다. 기분이 아주 좋았던 것이다. 방 어딘가에서 오래된 냄새가 났다. 오래된 책 냄새 같은 것, 종이 냄새 그런 거. 우나는 고개를 까닥까닥하며 노래를 조용히 흥얼거렸다. 그러다가 웃고 있는 나를 보며, 너무 신나하네? 이런 말도 했다. 커피가 너무 맛있어서. 나는 그렇게 대답했다. 커피를 다 마시고 이불을 몸에 휘감고 피식거렸다. 너무 신나하네. 커피가 너무 맛있어서. 사람들은 먼 곳에서 떠들었고 나는 졸리기만 했다. 방은 여전히 어둡고 우나는 흥얼거렸다. 처음 듣는 노래를 자꾸만 흥얼거렸다. 나는 여전히 처음와 본 방이 왜 이렇게 편할까, 이렇게 편해도 되는 것일까 하는 질문을 자꾸만 던졌다. 우나의 흥얼거림에 지지 않으려는 듯이 계속 속으로 물었다. 그 와중에 거의 잠이 들 뻔했고 간신히 깨어났다.

3

우리는 학교를 안 다녔다. 우리 중 나이가 가장 많은 배정은 시험에 자꾸 떨어져서 대학에 못 갔다. 우나와 우미는 비자 문제 때문에 아직 한국인이 아니었고 우나의 엄마는 앞으로 그 문제를 어떻게 해결할지 별생각이 없어 보였다. 나는 다니다 관뒀다. 우미를 빼고는 모두 고등학교에 잠깐이라도 다녀 본 경험이 있었다. 그 때문인지 우리 중 가장 학교에 다니고 싶어 하는 사람은 우미였다. 제일 급해 보이는 건 배정이었지만 배정은 이렇다 저렇다 말이 없었다. 반면에 우미는 가만히 있다가도 학교에 다니고 싶다고 말했다. 아, 언니 난 학교에 다니고 싶어요. 왜냐고 물으면 그냥 학생이 되고 싶다고 했다. 나와 우나는 그때마다 학생이 아닌 건 학생이 아닌 대로 나쁘지 않다고 말했다. 왜냐하면 학교에 다니지 않는다는 건…… 글쎄. 간단히 말해 오전에 돌아다니면 사람들이 이상하게 보는 것 말고 특별히 나쁠 것이 없었다. 앞으로의 일은 알 수 없지만 그건 학교에 다녀도 마찬가지였다. 당장은 그랬다. 사람들은 오전에 돌아다니는 아이들을 이상하게 보고, 궁금하니까 대체 뭐 하느냐고 물어보고, 왜 관뒀느냐고도 물어보고, 어쩌-다가 비난하기도 하고 그러다가 울리고 화나게 하고 그런 일도 드물게 있었지만 학교에 다녀도 혼나고 맞고 나쁜 말 듣는 건 다를 게 없다. 학생이 아닌 것도 뭐 그럭저럭인 것이다. 하지만 우미는 그렇지 않다고 말했다. 그건 언니들이나 하는 이야기야. 다른 사람들은 그렇게 생각 안 해. 우미는 그러다 한숨을 쉬고 침대에 몸을 던졌다.

가만히 방에 앉아 우미를 바라보기 시작하면 계속해서 바라보고 싶어졌다. 그러다 벽을 쳐다보고 생각한다. 우미가 예쁜가? 평범한데. 우미는 평범한 눈과 코와 입을 가졌다. 그리고 마른 몸과 약간 넓은 어깨를 가졌다. 벽을 보던 눈을 돌려 우미를 다시 봐도 아 그렇지 평범해라고 방금 전의 생각에 수긍할 수밖에 없었다. 수긍하면서도 계속 바라보았다. 평범한 우미는 자꾸만 쳐다보고 싶게 했다. 우나는 그게 우미의 어떤 것이라고 했다. 나는 그 말에 다시 수긍했다. 우미도 알고 있을 것이다. 그렇기 때문에 학교에 가고 싶었을 것이다. 나는 학교에 가고 싶지는 않았지만 그걸 보고 싶기는 했다. 사람들이 우미를 자꾸 보고 싶어 하는 것을 보고 싶었다. 목도하고 싶었다. 내가 생각하는 것이 실제가 되어 눈앞에서 벌어지는 것을 확인하고 싶었다. 아무리 내 생각에 확신이 있다 해도 보는 것은 다르지. 나는 실제로 보고 싶었다. 벌어지는 것을 나타나는 것을 일어나는 것을. 나는 아무것도 아닌 것이 되어 우미의 필통 속에 들어가 사람들이 우미를 자꾸 쳐다보고 말 걸고 싶어 하는 것을 보고 싶었다. 그러면 뿌듯할 것이다. 나는 눈에 보이지도 않고 말할 수 없어도 그러면 좋을 것이다. 그런 생각을 하는 것만으로 마음이 간지러워졌다.

우미는 학교에 가지 못하는 대신 여기저기를 돌아다녔다. 사람들을 만나고 이야기를 하고 쇼핑을 하고 웃고 즐거워했다. 우미는 나와 우나, 배정 그 세 사람이 평소에 만나는 사람들을 합친 것보다 많은 사람들을 만나고 다녔다. 만나는 모든 사람들은 우미를 다시 만나고 싶어 했고 우미에게 밥을 사 주고 마실 것을 사 주고 귀고리를 사 주고 치마를 사 줬다. 지금도 우미의 그것을 무어라 말해야 할지 모르겠다. 매력인가, 힘인가, 뭐 그런 것이긴 한데 그렇게 말하고 나면 불성실하게 느껴졌다. 우미에 대해 진지하게 생각하지 않고 사람들이 말하

는 대로 쉽게 단어를 고르고 결론을 내리는 것 같았다. 그게
아니라고 확신한다면 잠자코 생각해야 한다. 나와 우나는 그
래서 심심하면 우미를 쳐다보다가 그렇지? 응 그렇지? 했다.
뭐가 그런지 무엇이 그런지 어째서 그런지는 말하지 않았다.
그렇지? 응 그렇지? 그게 다였다. 그러다 보면 우미는 옷을 갈
아입고 외출을 했다. 우미가 없는 빈방에서 나와 우나는 그렇
지? 응 우미에게는 그게 있다 하고 고개를 끄덕였다. 어떨 때
는 내가 그렇지? 했고 어떨 때는 우나가 그렇지? 했다. 결론
은 같았다. 우미에게는 그게 있다. 그리고 그게 있는 사람은
세상에 별로 없다. 하지만 우리가 그렇게 우미를 인정해도, 그
런 우리를 집에 두고 거리를 헤매며 사람들을 만나고 또 만나
도 우미는 허전해했다. 괴로워했다. 가끔 학교에 가고 싶다고
기운 없이 말했고 어떨 때는 우나를 몰아붙였고 그러다 한참
을 침대에 누워 있기만 했다. 나와 우나 그리고 가끔 배정까
지 우리 모두는 늘 우미를 웃겨 주고 싶어 했다. 우나는 우미
가 좋아하는 노래를 틀었고 나는 어제 학원 선생이 알려 준
웃긴 이야기를 해 줬다. 배정은 친구들에게 들은 이야기를 지
칠 때까지 했고 나와 우나는 박수 치며 웃었다. 그러다 보면
우미는 우리의 성의를 봐서 침대에서 내려와 이야기를 들었
다. 그러다 억지로 기운을 차려 옷을 갈아입고 외출 준비를
했다. 우리 모두는 할 일이 그것밖에 없다는 듯이 성의껏 그

모든 것을 반복했다. 우미를 보고 그렇지? 응 그렇지? 하다가 외출하는 우미를 쳐다보다가 집에 돌아온 우미가 탕 소리 나게 문을 닫고 침대에 쓰러지면 어제 텔레비전에서 본 유행어를 하며 우미를 웃기려 들다가 우미가 침대에서 내려오면 다시 우미를 쳐다보는 일을 하고 또 했다.

우나와 반복했던 모든 일들처럼 이것 역시 늘 진심으로 즐겁고 때에 따라 슬펐다. 특히 간신히 기운을 차린 우미가 외출 준비를 마치고 방문을 닫는 소리가 나면 슬펐다. 방을 나서는 우미가 여전히 쓴 표정을 짓고 있었기 때문이었다. 우미는 화장을 하고 옷을 골라 입고 향수를 뿌리고 쓴 표정을 하고 문 앞에 서 있다 결심한 듯이 문을 열고 나갔다. 그러면 나와 우나는 왠지 서먹해져서 고개를 숙이고 아무 말이 없다가 다시 드러눕고는 했다.

4

제니 준 스미스는 1976년 첫 앨범을 발표했다. '돌핀'이라는 제목의 이 앨범은 두 종류로 발매되었다. 전해지는 이야기는 다르지만 준이라는 이름으로 음반을 발매하고 이후 제니 준 스미스라는 이름으로 음반을 발매했다는 이야기가 다수이다.

준이라는 이름과 제니 준 스미스라는 이름 말고는 완전히 같은 내용의 음반이다. 재킷의 디자인도 같았고 곡 순서도 같았다. 어떤 사람들은 제니 준 스미스라고 앨범을 발매한 후 준이라는 이름으로 다시 찍었다고도 했다. 이후 제니 준 스미스는 준이라는 이름으로 몇 차례 공연을 갖는다.

제니 준 스미스의 음악은 기타 위주의 포크 음악이었다. 비와 바람, 그날그날의 날씨에 대해 노래했다. 첫 음반의 몇 곡은 사랑에 관한 노래라고 볼 수도 있지만 넓은 의미에서 사람의 마음에 관한 노래였다. 준은 눈물과 우울, 슬픔 모두 한 사람의 마음에서 일어나는 일이라고 말했다. 그 사이로 바람이 불었고 비가 내렸다. 준은 낮은 목소리로 그렇게 노래했다.

우나는 상자 속의 파일을 꺼냈다. 거기서 중간쯤 되는 부분을 펴 읽어 주었다. 준은 눈물과 우울, 슬픔 모두 한 사람의 마음에서 일어나는 일이라고 말했다. 그 사이로 바람이 불었고 비가 내렸다. 준은 낮은 목소리로 그렇게 노래했다. 우나는 다 읽고 나를 바라보았다. 너도 노래를 듣다 보면 이게 무슨 말인지 알게 됩니다. 우나는 바람처럼 이야기했다. 우나가 정말 그렇게 말을 했었나. 그 소리는 건조해서 벽에서 나는 소리 같았다. 우리는 천천히 마지막 단락을 읽었다. 제니 준 스미스의 음악은 기타 위주의 포크 음악이었다. 비와 바람. 그날 그날의 날씨에 대해 노래했다. 첫 음반의 몇 곡은 사랑에 관한 노래라고 볼 수도 있지만 넓은 의미에서 사람의 마음에 관한 노래였다. 준은 눈물과 우울, 슬픔 모두 한 사람의 마음에서 일어나는 일이라고 말했다. 그 사이로 바람이 불었고 비가 내렸다. 준은 낮은 목소리로 그렇게 노래했다.

"우나."

"응."

"너는 무슨 날씨가 좋아?"

"안 추운 날."

"너는 오늘은 좋아?"

"밖에 안 나가서 모르겠어."

"나는 좋다고 생각했는데. 오늘 전체가 좋지는 않고 아까 아침에 걷다가 다리를 지날 때쯤에 그때 바람이 부는 게 좋다고 생각했다. 바람이 천천히 다가와서 나를 그 안에 집어넣었어. 내가 바람 안으로 들어간 건데 강제적이지는 않고 그냥 저절로 그렇게 되었어."

"네가 들어간 거야?"

"내가 들어간 건데 바람이 집어넣은 것이기도 해. 그러니까 바람이 커다란 장막이 되어 나를 넣은 채로 갈 길을 간 거야."

"저절로 그렇게 된 거야?"

"어. 그러니까 그렇게 된 거지."

"그러니까."

"어. 그러니까 저절로. 내일 또 그렇게 되고 다음 날 또 그렇게 되면 잊고 지내다가 한 달쯤 후에도 그렇게 되면 바람은 자주 나를 넣는 거잖아."

"지금까지 그랬던 것이기도 하지."

"그랬던 것이기도 한 거지. 그런데 나는 굉장히 슬프기도 하고 화가 나기도 하고 왠지 부끄러운 일도 생기고 나를 부끄럽게 하는 사람들을 죽이고 싶을 정도로 미워하기도 하고 그러다가 엄마가 돈을 주면 문득 기쁘기도 하잖아. 그런 건데 커다란 바람이 언제나 그렇게 부는 거면 그게 결국 슬프다는 거야? 매일같이 부는 바람이? '준은 눈물과 우울, 슬픔 모두 한 사람의 마음에서 일어나는 일이라고 말했다. 그 사이로 바람이 불었고 비가 내렸다. 준은 낮은 목소리로 그렇게 노래했다.' 이게 그 말이야?"

"결국 슬픈 게 아니라 슬펐는데 슬펐다."

"슬펐는데 슬펐다."

"그런데 그렇게 결론을 내릴 수는 없어."

"왜?"

"음악을 들으면 아무 생각이 안 드니까. 그런데 이걸 읽으면 그렇구나 하게 되는데 다시 음악을 들으면 아무 생각이 안 드니까."

"슬펐는데 슬펐다?"

"슬펐는데 슬펐다가 아니라니까 그러네."

"모르겠네. 전혀. 조금도 이해가 안 되네."

나와 우나는 마지막 단락을 다시 읽었다. 제니 준 스미스의 음악은 기타 위주의 포크 음악이었다. 비와 바람, 그날그날의 날씨에 대해 노래했다. 첫 음반의 몇 곡은 사랑에 관한 노래라고 볼 수도 있지만 넓은 의미에서 사람의 마음에 관한 노래였다. 준은 눈물과 우울, 슬픔 모두 한 사람의 마음에서 일어나는 일이라고 말했다. 그 사이로 바람이 불었고 비가 내렸다. 준은 낮은 목소리로 그렇게 노래했다.

우나는 준에 대해 이야기했다. 그 사람이 우나가 기다리는 사람이었다. 우나는 준에 대해 이야기하지 않으면 우미 이야기를 했다. 매일 크게 달라지는 것도 없는 이야기를 끄집어냈다. 우미는 우나가 인정하는 사람이었다. 우나는 우미가 집에 없을 때면 우미를 기다리며 우미 이야기를 했다. 우미는 그래도 매일 보는 사람이었지만 준은 달랐다. 우나는 준을 만나본 적이 없었고 앞으로 만날 수 있을지 없을지도 몰랐다. 준이 살아 있나 아닌가 우나는 그것도 몰랐다. 알고 싶었지만 알 수가 없었다.

침대에 등을 기대고 준에 대해 이야기를 하면 가끔 준이 아주 가깝게 느껴지기도 했다. 우리는 바람이 뭔지 알았고 비도 알았으니까. 마음도 알고 있다. 슬픔과 우울도 알고 있다. 그건 우리가 가만히 앉아 있었기 때문이다. 가만히 앉아 있으면 많은 마음들이 모습을 드러냈다. 우리는 많은 것을 알았다. 우리는 슬프지 않아도 슬픔을 알고 있다. 기쁠 때에도 우울을 볼 수 있다. 우리가 가만히 앉아 있을 때면 우리 앞으로 많은 소리들이 찾아왔다. 우리는 많은 것을 보게 되었고 그래서 우리는 준이 불렀던 것이 어떤 것인지 잘 아는 기분이 되었다. 동시에 우리는 아득함도 알았고 먼 곳도 알았다. 우미는 같은 집에 살아도 멀리 있는 사람이었다. 우미가 없는 방에서 우미를 생각하는 일은 아득했다. 그걸 깨닫게 되면 우리가 본 적도 없는 준은 너무나 먼 곳에 있었다. 어느 순간 그런 일들이 벌어졌다. 먼 곳을 알게 되는 일, 처음 보는 마음이 우리 앞에 찾아오는 일. 그래서 우나는 준을 기다렸다. 가까이에 있든 멀리 있든 기다렸다. 먼 것이 얼마나 먼지 걷고 걸어도 만날 수 없는 것인지 지켜봐야 했다. 그러다 보니 우나는 기다리는 것을 잘했고 잘하는 것을 매일같이 했다.

5

고등학교 1학년 때 학교를 관둔 나는 학원에서 가장 어렸다. 스무 살이 넘은 같은 반 사람들이 나에게 쉬는 시간에 과자를 사 주고는 했다. 사람들은 웃을 일이 필요했고 매일같이 내게 어린애 어린애 농담을 하며 과자를 사 주었다. 책상 위에 과자가 쌓여 갔다. 늘 내 옆자리에 앉는 배정은 내가 모르는 것들을 잘 알려 주었고 커피도 사 주고 바나나 우유도 사 주고 공책도 던져 주었다. 배정은 무슨 생각을 하고 사는지 늘 즐거워 보였다. 배정은 그때까지 대학 입학시험을 세 번 봤다고 했는데 세 번, 그 이야기도 웃으면서 했다. 나는 일주일에 세 번 정도는 온갖 인상을 쓰고 우울해했는데 배정은 그런 이야기도 웃으며 했다. 그렇게 배정이 시험 이야기를 하면 아, 배정이 네 번째 시험도 못 보면 어쩌나 그런 생각이 들고 그러면 나는 또 인상이 확 구겨졌다. 배정은 아는지 모르는지 매점에 데리고 가서 바나나 우유를 사 줬다.

배정은 내가 학교를 관뒀기 때문인지 어리기 때문인지 늘 잘해 줘야 된다고 생각했다. 얘는 잘해 줘야지 불쌍한 애니까 그렇게 생각했던 것도 같다. 왜 불쌍한 건지는 모르겠는데 불쌍해하고 안타까워했다. 나는 불쾌하지 않았는데 그건 누가 날 불쌍하게 생각하는 게 나쁜 것인지 몰랐기 때문이다.

더군다나 배정이 날 불쌍하게 생각하는 거면 오래오래 불쌍하게 생각해도 됐다. 지금도 그렇게 생각한다. 불쌍하게 생각해도 좋고 불쌍하게 생각한다면 좋겠다. 어쩌면 누가 누구를 불쌍해하지 않고 아무렇지 않은 마음으로 아껴 주는 것이 있을지도 몰라. 시간이 흐르면 배우게 될지도 모르지. 하지만 그때가 되어도 나는 배정에게는 허용할 것이다. 아주 많은 것들을.

학교를 관둬서 안 좋은 점 또 하나는 왜 관뒀는지 사람들을 만날 때마다 설명해야 한다는 거다. 보통 나는 그냥 안 맞아서요라고 했다. 그러면 사람들은 학교와 맞는 사람이 누가 있느냐고 되물었다. 그럼 나는 너무 많이 맞아서요 했다. 그럼 다들 오 하고 길게 감탄하며 놀렸다. 놀림당하기 시작하면 웃기 시작한다. 그러면 사람들은 곧 놀렸다는 것도 잊고 다들 다른 이야기를 하기 시작했다. 사람들은 다른 이야기를 하고 나는 방금 전 들었던 질문을 곱씹게 되는데 그러다 보면 점점 눈앞의 사람들은 멀어지기만 했다.

배정은 태어나서 줄곧 대구에서 살았다고 했다. 친척들은 거의 다 서울에서 살고 자기 집만 대구에서 산다고 했다. 나는 이사 온 지 꽤 되었지만 늘 어디 말투도 아닌 말투로 말했다. 누가 흉내 낼 수도 없다. 입을 떼면 사람들이 고개를 돌려 얼굴을 확인했다. 서울말이네? 아냐. 애매하다. 애매하기만 한 말투로 말했다. 배정은 친척들이 모이면 서울말을 쓴다고 했다. 배정은 나와 말을 하면 금방 나를 따라 했다. 어디 말 같지도 않은 말을 했다. 우리는 어색한 말투로 말했다. 애매한 말투로 말했다. 그걸 진짜 잘했다. 우미는 대구 말도 잘했고 서울말도 잘했고 뭣보다 일본 말을 잘했다. 우나는 일본 말을 잘했을 게 당연하긴 한데 우미와 우나가 일본어로 대화하는 걸 보면 우나는 왠지 그냥 말을 잘 못하는 사람 같았다. 우나의 한국말은 책 같고 벽 같고 나무 막대기 같았다. 나와 정과 우나가 함께 말하면 모두 어색하게 어디 말 같지도 않은 말을 했다. 표정도 어색하고 웃음도 부자연스러워. 우리 모두는 그걸 진짜 잘했다.

우나는 욕을 안 했고 나쁜 말을 안 했고 알면서도 안 했고 알았어도 안 했을 것이다. 욕을 안 하고 나쁜 말을 안 하다 보면 나쁜 것에 대해 나쁘지 않은 말로 설명해야 하니 그 설명은 점점 집요해졌다. 그러다 보면 무게가 실리고 지독해졌다. 차라리 욕이 낫지. 그럴지도 몰랐다. 배정이 나와 우나를 대구타워에 데리고 갔을 때였다. 배정은 자판기에서 캔 커피를 뽑는데 환타 오렌지가 나왔다. 악, 환타! 나 환타 제일 싫은데! 배정은 자판기를 주먹 꽉 쥐고 쳤다. 발로 차면서 막 쳤다. 나도 환타 싫은데. 나도. 나와 우나는 둘 다 고개를 저었다. 배정은 불안한 표정으로 다시 환타를 눌렀다. 근데 환타가 또 나왔다. 아이 씨! 배정은 자판기에 고개를 묻었다. 배정은 고개를 들지 않고 괴로워했다. 배정은 이런 걸로 괴로워하는구나 하고 놀랐다. 우나는 배정의 손을 끌었다. 배정은 그제야 고개를 들고 손에 쥔 환타 두 개를 가방에 넣었다. 여전히 표정은 우중충했다. 나와 우나는 억지로 배정을 잡아끌었다. 우리 셋은 손을 잡고 흔들며 환타 싫어 환타 싫어 노래를 했다. 아 환타 싫어 환타 싫어 환타 싫어 환타 싫어 정말 싫어 정말 정말 싫어 싫어 환타 싫어. 배정은 어땠을지 모르겠지만 나는 그때 즐거움이 솟구쳐 밤새도록 노래 부를 수 있을 것 같았다. 정이 손을 흔들 때마다 가방 속 환타 캔이 부딪치는 소리가 났다. 그것까지 신이 났다. 너는 뭐가 싫은데? 배정이 물었다.

"나는 환타!"

"환타 말고!"

"어 콜라!"

"환타랑 콜라 말고."

"어, 쿨피스!!!!!!!!! 어. 뭐더라. 막 매운 거. 단거 많이 매운거 다 싫어. 말 많이 시키는 거. 사람 많은 거. 목소리 큰 거. 무서운 거. 술 마시는 아저씨들이 농담하는 거 후려치고 싶어. 아 뭐지 아줌마 아저씨들이 앉아서 앞으로 바람피울 거라고 그러는 거. 또 뭐더라."

"누가 너한테 와서 바람피울 거라 그래?"

"아니. 내가 밥 먹으러 식당만 가면 옆에 앉은 사람들이 그래. 앞으로 바람을 피우겠다. 오늘 그걸 부인에게 말하겠다. 어제 이미 말해 버렸다. 자꾸 그래."

"뭐 싫은 게 그렇게 많냐?"

"뭐 싫은 게 그렇게 많다."

"끝이야?"

"아직 많이 남았는데."

우리는 잡은 손을 놓지 않고 흔들며 걸었다. 야경은 화려했다. 대구는 큰가 보다. 커 보였다. 화려하고 반짝였다. 환타 싫어 환타 싫어 싫고 또 싫어 노래를 부르다 우나에게 물었다. 너는 뭐가 싫은데? 우나는 손을 흔들며 고민을 했다. 우나의 환타 노래가 멈추었다. 우나는 계속 고민을 하다 손을 풀고는 창 쪽으로 다가가 말했다. 우나는 불빛들을 보며 말했다. 왠지 불빛들에게 할 말이 많아 보였다. 우리는 우나의 옆으로 가 함께 불빛들을 보았다. 우나의 목소리는 작아서 옆으로 가지 않으면 들리지 않았다. 귀를 기울였다. 환타 캔도.

6

나는 아이러니가 싫어.

그러니까 나는 아이러니라고 하는 것이 싫다.

아이러니가 뭔데?

아이러니는 옷을 잘 입은 사람이, 그러니까 남자가. 남자가 수트를 입었어. 잘 입은 남자가. 바지에 뭔가 묻은 거야. 바지에 크림 같은 게 묻어서 그걸 하루 종일 고민하는 거야. 검은 바지에 흰 크림이 묻으면 잘 지워도 자국이 남잖아. 멀리서 보면 보이지 않지만 책상에 앉아서 일을 하다가도 무릎을 내려다보면 흰 얼룩이 보이는 거야. 보통은 그렇다. 아닌가? 그렇지? 보통은 그렇다. 그런데 그 사람은 부족한 게 없다. 좋은 사람이다. 그런데도 그 얼룩을 하루 종일 고민하는 거야 옷을 잘 입은 채로. 멋있는 사람이다. 나무랄 데가 없다. 그런데 자꾸 고민을 해. 저기 저 사람이 내 얼룩을 본 것이 아닐까? 잘 지웠지만 의외로 눈에 띄는 것이 아닐까? 아무도 없는 곳에 가도 수트를 입은 그 남자는 괴로워한다. 바지의 얼룩을 보며 이걸 어쩌지 이걸 어쩌지 괴로워한다. 그런 모습이 아이러니야. 나는 아이러니가 싫어. 정말 싫어. 옷 잘 입은 사람이 크림에 대해 고민하는 게 너무 싫어. 혐오하고 경멸하고 경원시하는 쪽이다. 가끔씩 그게 너무 역겹다고 생각해. 그럴 때면 그 사람을 큰 크림 통에 집어넣었다 빼는 생각을 해. 그럼 그게 아이러니가 아니고 뭐가 되지? 그건 잘 알지 못해. 뭔가 그러니까 더 우습고 이제는 슬퍼진 상황이지만 그게 뭔지 어떤 이름을 붙여야 하는지는 잘 알지 못해. 하지만 그래도 싫다는 생각을 버릴 수가 없다. 내가 내가 너무 이상하게 말을 하는 거지? 그렇지? 나는 설명을 잘 못해. 어쩌면 다른 모습으로 아이러니를 설명할 수 있을 거야 다른 사람들은. 그렇게 잘 못해. 나는. 지금 생각나는 건 옷 잘 입은 남자밖에 없어. 그리고 나는 그게 싫어. 왜냐하면 그런 모습은 나를 어딘가 화나게 하니까.

우나는 단어를 고르며 말했다. 아이러니는 그런 것이었다. 우리는 수긍했다. 아이러니는 옷을 잘 입은 사람이 바지에 크림이 묻은 걸 하루 종일 고민하는 것이었다. 그 남자가 그 못지않게 옷을 잘 입은 친구에게 이 옷을 사, 저 바지를 사, 저 모자를 사라고 조언하는 것 역시 아이러니였다. 조언을 받은 그 친구가 남자의 얼룩에 대해 이야기하는 것은 아이러니에 대해 이야기하는 것이었다. 아이러니는 옷을 잘 입는 여유로운 사람들이 이야기하는 주제였다. 매일 사람들이 입에 올리지만 치사하고 덜떨어진 기름 향수 분홍색 같은 것이었다. 그렇다. 아이러니 정말 싫다.

7

대구의 겨울은 추웠다. 11월이 되자 걸어서 도서관까지 갈 수 없었다. 15분이 지나면 발에 감각이 사라지기 시작했다. 그렇게 차고 선명한 바람을 맞으며 10분쯤 걷다 버스를 탔다. 버스를 타면 눈을 감고 살짝 열어 놓은 창에서 불어오는 차가운 공기를 맡으려 애썼다. 자리에 앉아 이리저리 흔들리다 보면 어지러워 당장이라도 내리고 싶어졌기 때문이었다. 버스 안은 기름 냄새가 채우고 있었다. 어지럽고 메슥거렸다. 다른 것들을 생각해. 그러니까 수영장 같은 시원한 것과 방과 이불, 컵 속의 물과 귤을 만진 손 같은 것을 생각해. 거기엔 기름이 없지? 나는 그런 것들을 생각하려 애썼다. 어떨 때는 드물게 수영장이나 귤이 떠올랐지만 보통은 어려웠다. 열 번에 한 번 정도였다 수영장이 떠오르는 건. 의자가 흔들릴 때마다 버스 정류장을 하나씩 세어 나갔다. 지나온 버스 정류장의 이름을 속으로 계속 불렀다. 그래도 힘들면 1~2분 후에 나타날 정류장 정류장 정류장 나타날 것이다 정류장을 생각하며 참았다.

이게 겨울의 이야기이다. 별로 생각하고 싶지가 않다.

날씨가 풀리고 다시 걸어서 도서관에 가기 시작했다. 그러다 가끔 버스를 탔는데 우나가 도서관에 가겠다고 했을 때였다. 우나는 줄곧 도서관에 가 보고 싶었다고 했다. 그리고? 그리고, 알고 싶은 것들이 있다고 했다. 우나가 도서관에 간 첫날 우나와 나는 포틀랜드가 어디에 있는 곳인지 알게 되었다. 우나는 내가 학원에 간 이후로도 계속 도서관에서 책을 읽었다고 했다. 그 결과를 버스 안에서 보여 주었다. 우나는 예전에 살던 동네를 이야기하듯 오리건 주 안의 포틀랜드와 미국 안의 포틀랜드와 지구 안의 포틀랜드를 점진적으로 설명했다. 그때 나는 캘리포니아가 어디에 있는지도 몰랐다. 우나가 그린 미국을 놓고 보았을 때 캘리포니아는 왼쪽 끝에, 뉴욕은 오른쪽 끝에 있었다. 오리건은 캘리포니아 위에 있었고 포틀랜드는 오리건 안에서 가장 큰 도시였다. 버스는 가끔 덜컹거렸고 기름 냄새는 여전했다. 나는 차라리 포틀랜드에 대해 생각했다. 수영장 같은 시원한 것과 방과 이불, 컵 속의 물과 귤 만진 손이 바로 그려지지 않을 때는 우나의 말을 듣겠다고 생각했다. 포틀랜드는 미국의 서북부에 있다. 우나는 설명을 하다 재채기를 했고 나는 눈을 감았다. 의자가 덜컹거릴 때면 고개 하나를 넘은 기분이었다. 포틀랜드에는 대학이 많아. 나는 차가운 창에 얼굴을 기대고 있다 갑자기 눈을 뜨고 우나를 보았다.

"뭐라고?"

"포틀랜드에는 대학이 많다."

"왜 대학이 많은데?"

"학생이 많으니까?"

"학생이 많았으면 좋겠으니까?"

"아. 여기저기서 학생들은 오니까."

우나는 한참을 생각하다 덧붙였다.

"음 그게 다가 아니다."

"뭔데?"

"거기에는 장미 정원도 있고 또 근처 도시에서는 달리아 꽃이 유명하대."

"뭐가 유명하다고?"

"달리아."

"어떻게 생긴 건데?"

"꽃처럼 생겼어."

"가운데에 노란 게 있고 노란 것을 중심으로 빨간 꽃잎이 네 개 달렸어?"

"아니, 더 복잡해."

"그럼 빨간 꽃잎이 여덟 개 달렸어?"

"아니. 꽃잎이 굉장히 많아. 아주 많아. 작은 꽃잎들이 모여서 이렇게 둥그렇고 커다란 꽃을 만들어."

"이렇게 첫째 줄은 적고 둘째 줄은 그보다 더 많고 그렇게 갈수록 꽃잎이 많아지는 거야?"

"그렇지. 그렇다고 할 수 있지. 내가 보기엔 그래. 보라색이 많아. 분홍색도 있고. 나는 그거 두 개밖에 못 봤어."

"얼마나 큰데?"

"내 보기엔 상당히 큰데."

갑자기 옆에 앉은 아줌마가 달리아에 대해 말했다. 크다고 했다. 무궁화만큼 크나? 아니다. 해바라기만큼 크나? 그것보단 작다. 무궁화만 할지도 모르겠다. 아줌마는 혼잣말을 하듯 손으로 달리아의 크기를 만들어 보고 고개를 가로저었다. 우나도 같이 손으로 달리아의 크기를 가늠해 보았다. 이렇게, 이렇게 선인장만 할 것 같아. 배정이 포틀랜드에 있는 학교에 가고 우리는 거기 놀러 가서 달리아를 보면 재밌겠다. 포틀랜드에 대학이 정말로 많으면 배정을 넣어 줄 것이다. 그리고 달리아가 무궁화만 한지 해바라기만 한지 선인장만 한지 보게 될 것이다. 나는 우나에게 한 정거장 먼저 내려서 걸어가자고 했다. 응? 우나는 손으로 달리아의 크기를 만들어 보다 나를 쳐다봤다. 나는 다시 한 정거장 먼저 내리자고 말했다. 우리는 버스 문 앞에 서서 달리아 생각을 했다. 나는 달리아 생각을 할 수 있었다. 수영장과 귤을 까먹은 손보다 먼저 달리아를 그릴 수 있었다. 달리아가 기름 냄새를 쫓았다. 달리아는 커다란 꽃이다. 버스보다 버스 안의 기름 냄새보다 크다. 우리는 버스에서 내려 걸었다. 아직은 쌀쌀한 바람을 맞으며 그렇게 결론지었다. 무궁화만큼 크나? 아니다. 해바라기만큼도 아니고, 사막의 선인장이 버스보다 크면 그 정도다. 대충 버스보다 크다. 커다란 꽃이다. 달리아.

한동안 봄을 떠올리면 달리아가 따라왔다. 내가 그해 봄에 대해 기억하는 것은 달리아였다. 그리고 나머지는, 글쎄. 그런데 달리아가 뭐지? 달리아는 뭘까. 달리아는 우나가 알려 준 꽃이다. 우나는 왜 달리아를 알려 줬지? 그건 포틀랜드 인근에서 달리아가 유명하기 때문이다. 여기까지 생각이 미치면 나는 혹독했던 겨울에서 봄까지를 한 번에 연결할 수 있었다. 대구의 겨울은 차갑다는 말로 설명이 되지 않는 살벌한 바람이 불었다. 그 바람은 어깨를 움츠러들게 했고 고개를 깊숙이 숙이게 했다. 나는 버스를 타면 멀미를 하지만 겨울이 되면 버스를 타지 않고서는 시내까지 갈 수 없었다. 추위가 거리를 걸을 수 없게 했으니까. 멀미가 심해지면 속으로 숫자를 세었다. 숫자를 세기 시작했다는 것은 멀미의 가장 높은 곳에 도달했다는 것이다. 멀미의 초입에 나는 머릿속에서 기름 냄새를 지우기 위해 많은 것들을 불러냈다. 시원한 것들 깨끗한 것들 냄새 없는 것들 좋은 냄새 나는 것들. 하지만 그것으로도 되지 않을 때 하는 수 없을 때 그냥 숫자만 센다. 나는 하루에 두 번씩 그 과정을 반복했다. 가끔 할 수 있는 한 걸어가 보려고 한 적도 있었다. 늘 10분 만에 포기했다.

괴롭고 기나긴 겨울이 지났다. 겨울 하루하루는 혹독하고 괴로워서 오로지 추위 때문에 화가 나거나 울고 싶기까지 했다. 날씨가 풀리기 시작했을 때 드디어 나는 다시 거리를 걸을 수 있었다. 그러던 어느 날 버스를 타야 했다. 우나가 도서관에 가고 싶다고 했기 때문이었다. 그날 우나는 나에게 달리아를 알려 줬다. 달리아는 꽃 이름이다. 우나는 왜 달리아를 알려 줬지? 포틀랜드 인근에서 달리아가 유명하기 때문이다. 어딘가 대학이 많다고 했는데, 거기가 포틀랜드 맞지? 응 거기가 맞지. 그런데 우나가 왜 포틀랜드에 대해 알고 싶다고 했더라. 나는 다시 생각했다. 포틀랜드.

8

학원을 마치고 우나에게 놀러 가면 우나는 보통 빈집에 혼자 있었다. 우나는 할 줄 아는 것은 별로 없었지만 아는 것은 많았다. 나는 우나에게 우나가 알고 있는 많은 것들을 배웠다. 우나가 딱히 내게 가르쳐 주려고 했던 것은 아니었다. 이미 우리는 많은 이야기들을 주고받았고 그 이야기들은 길을 걷다가, 시간이 지난 후 비슷한 상황이 생겼을 때 문득 떠올랐다. 이미 그런 방법으로 아이러니를 배웠고 아이러니와 비슷한 것을 배웠고 아이러니에 관한 것을 배웠다. 아이러니 정말 싫다.

우나는 아버지로부터 준을 알게 되었다. 우나의 아버지는 준에 대해 많이 알고 있었다. 어떤 노래를 불렀는가 언제 앨범을 냈는가 목소리는 어떤 느낌이었는가 이것저것 많이 알고 있었다. 우나에게 준을 알려 준 유일한 사람, 준을 알고 있는 거의 유일한 사람 우나의 아버지였다. 우나의 마음에서 세상을 사람들을 하나씩 지워 나가면 외딴 풀밭에 준과 아버지와 우나가 나란히 앉아 있을 것이다. 유일하게 살아 있고 살아남은 사람들과 풍경이었다.

우나의 아버지가 준을 알게 된 건 라디오를 듣다 우연히 돌린 채널에서 준의 노래가 나왔기 때문이었다. 우나의 아버지는 가만히 멈춰 서서 숨을 죽이고 준의 노래를 들었다고 했다. 그 이후 우나의 아버지는 준의 이름을 기억했다가 음반을 사려고 했으나 쉽게 구해지지 않았다. 우나의 아버지는 오래전 음악 애호가들이 정보를 구하던 방식으로 어렵게 하나씩 준에 관한 자료를 모았다. 중고 음반 가게에 문의하고 한참을 기다린 후 음반을 구했고 헌책방을 뒤졌고 외국에 나가는 친구에게 부탁을 했다. 그렇게 열심히 모았지만 준에 대한 자료는 그리 많지 않았다. 우나의 아버지가 모은 자료는 전부 합해도 사과 박스 하나를 다 채우지 못했다. 우나는 아버지가 남긴 자료를 읽고 또 읽으며 준을 생각했다. 우나의 아버지가 남긴 자료는 번역이 안 된 자료들도 있었고 워낙 짧아 내용이 없다시피 한 자료들도 많았다. 우나는 이미 읽고 또 읽어서 다 외워 버린 자료들을 매일 반복해 가며 새로운 길을 만들려고 했다. 그런 시도 중의 하나가 도서관에 가는 것이었다. 우나는 줄이 쳐진 스프링 노트에 공부한 것들을 옮겨 적고 정리했다. 우나가 도서관에 있는 동안 나는 보통 학원에 있었고 그 때문에 우나가 어떤 기준으로 주제를 선택하고 책을 고르고 어떻게 앉아 책장을 넘겼는지는 아는 바가 없다. 맨 처음에 어디에 간 거야? 도서 검색용 컴퓨터 앞이야? 분류는 여행이고 멈춘 곳은 미국인가 아니면 역사인가 역시 대중음악이었으려나 짐작도 되지 않는다.

내가 오래도록 기억하고 마음에 담고 있는 것은 눈을 감고 누워 있는 우나였다. 우나는 늦은 오후가 되면 침대에 누워 준을 생각했다. 팔다리를 풀어 놓은 채로 느리게 숨을 내쉬었다. 우나는 준을 생각했고 나는 침대에 등을 기대고 기다린다는 것은 무엇일까 하고 생각했다. 한 번도 보지 못한 사람을 매일매일 생각할 수 있을까? 그 사람이 다시 노래를 불러줬으면 좋겠다 그걸 간절하게 바랄 수 있을까? 생각하고 생각하고 도무지 알 수 없어 스스로에게 묻고 또 묻는다. 그렇게 고개를 무릎 사이에 묻고 몰입하면 어느 순간 우리는 같은 생각을 하고 있을 때가 있었다. 우나와 내가 각자의 길을 가는데 머리 위 어느 지점에선가 우리의 생각은 잠시 만났다. 우나의 점과 나의 점이 만나면 우나의 방은 깨끗하게 비워져 빈방이 되었다. 책상과 상자와 침대와 먼지가 어디론가 자리를 옮긴 빈방이 되었다. 그리고 잠시 후 방 안의 모든 것들은 천천히 제자리로 돌아와 앉았다. 그때 우나의 방은 우나의 머릿속처럼 깨끗해졌다가 다시 원래대로 채워진다. 그건 시간과 관계없는 일이었다. 멀리서 시간이 줄을 놓았다가 다시 잡는 사이의 세계였다. 어디에도 기록되지 않는 공간이었다. 어쩌면 우나는 준과도 이런 식으로 만났을 것이다. 그건 우나의 방보다 커다랗고 낯선 공간이 천천히 비워졌다 채워지는 것이다. 그렇다면 시간과 상관없이 그 사람을 기다릴 수 있을 것이다. 내가 그걸 알아차렸을 때 나의 점은 우나의 점을 만났다. 우나의 방이 천천히 비워졌고 우리의 점은 하나가 되었다. 하나가 된 점은 점점 분명해지고 커졌다. 점이 커져 가면서 방 안의 침대와 상자들과 누워 있는 우나와 앉아 있는 내가 제자리로 돌아갔다. 그리고 나는 고개를 들고 무릎을 폈다. 우나와 같은 자세로 바닥에 누워 있었다.

우나가 침대에서 일어나는 소리가 들리면 나는 천천히 눈을 떴다. 속눈썹이 바스락하는 소리가 들렸다. 우나는 몸을 반쯤 일으켜 나를 보았다. 우리는 웃었다. 우나는 침대에 앉아 노래를 흥얼거렸다. 그러다 음악을 틀어 주었다. 보통은 준의 음반을 처음에 틀었고 이후에는 다른 사람들의 음반을 틀기도 했다. 나는 우나를 처음 봤을 때부터 우나가 좋았지만 준의 음악까지 단번에 좋았던 것은 아니었다. 준의 음악은 낯설었고 듣다 보면 지루한 면도 있었다. 여러 번 들어도 귀에 익지 않았다. 우나의 점과 나의 점이 만났을 때를 기억하는 것처럼 준의 음악이 내게 찾아왔던 순간도 기억한다. 우나는 여느 때처럼 침대에서 일어나 준의 음악을 틀었다. 나는 가만히 누워 이제는 구분하게 된 목소리가 나오기를 기다렸다. 그런데 그날은 가만히 모든 동작을 멈추고 숨을 죽이고 준의 음악을 듣게 되었다. 눈을 감고서 가만히. 우나의 아버지가 처음 준의 음악을 들었을 때처럼 준의 목소리에 귀를 기울였다. 어떻게 그렇게 되었는지는 지금도 잘 모르겠다. 어쩌면 이미 많이 들어서 좋아졌는지도 모른다. 그때 준의 음악은 흐르는 물의 느낌으로 천천히 다가왔다. 멀리서 파란 물이 되어 내 몸 위를 걸어 다녔다. 머리에서부터 발끝까지 내 몸 위를 걸었는데, 걸으면 걸을수록 파란 물은 커졌다. 그러더니 파란 물은 어느 순간 방 안을 채웠다. 나는 편안했고 멀리 있었다. 파란 물이 방 안을 바꾸었기 때문에 나는 이곳이 먼 곳이라고 생각했던 것일까, 파란 물은 물결이 되어 나를 먼 곳으로 보내어 실제로 나는 먼 곳에 있었기 때문에 아 왠지 멀리 있는 기분이다 싶었던 것일까. 그대로이며 멀고 먼 곳이며 그대로였다. 우나가 천천히 팔을 뻗어 나를 침대로 끌어 올렸다. 무거워. 우나가 웃으며 말했다. 무거워, 그 말을 들은 날이었다.

9

송주영은 혼자 있을 때나 식구들과 같이 있을 때나 음악을 틀었다. 송주영의 아내는 가끔 음악 좀 끄라고 짜증을 내기도 했다. 아이들이 울 때나 피곤할 때였다. 송주영의 아내는 몇 년간 많이 참았다. 남편은 그닥 집안일에 신경을 쓰지 않았고 한가할 때는 늘 음악을 틀었고 늘 크게 틀었다. 보통 사람들이라면 아이들이 울 때나 피곤할 때가 아니어도 언제나 음악 좀 끄라는 소리가 나올 법했다. 어쨌거나 그는 그럴 때만 음악 소리를 줄였다. 둘은 이미 이 문제로 너무 많이 싸웠다. 아내는 남편이 너무하다고 생각했다. 송주영은 그럴 때마다 아내에게 미안한 마음이 들면서도 조금도 변할 수 없는 자기 자신을 강하게 느꼈다. 나는 늘 음악을 틀어야 하는 사람인데 지금은 왜 음악도 못 틀고 있나 내가 왜 이러고 있나 안 미안하다 안 미안하다 조금 미안하지만 별로 안 미안하다 아내는 화를 내고 있는데 나는 조금도 반성하고 싶지 않으니 난 정말 고집스러운 사람이다, 그렇게 생각했다. 송주영은 이런 사람이었고 당연히도 그의 기억은 음악을 중심으로 구성되었는데 어느 여름날의 일도 송주영은 음악과 함께 기억했다. 우나가 일곱 살이던 해 여름엔 장마가 심했다. 6월은 원래 장마가 있는 달이지만 그해는 하루도 비가 멈추지 않았다. 특히 심했던 해였다. 송주영은 집이 떠내려간 사람들에 대한 걱정은 노력을 해도 생기지 않았고 실제로 노력은 해 보지도 않았고 노력이라고 한다면 레코드를 습기로부터 보호할 노력을 했고 어쨌거나 비 오는 날은 음악을 듣기 좋은 날이니 장마철 내내 왠지 만족스러운 기분으로 살았다.

그해 6월 18일 송주영은 큰딸 우나와 같이 퍼즐을 맞추며 놀아 주었다. 송주영은 여름 내내 준의 음악을 틀었고 여름 내내 아내와 싸웠다. 토요일 오전이었고 빗소리는 며칠째 온 도시를 두드렸다. 빗소리는 아무리 커도 듣는 사람을 나른하게 했고 이불을 안고 싶게 했고 그러다 잠들게 했다. 송주영은 팔다리를 늘어뜨리고 우나 옆에 앉아 있었다. 우나는 또래 아이들에 비해 퍼즐이나 틀린 그림 찾기를 잘 못했다. 우나는 몇 안 되는 조각을 들고 고민하고 있었다. 하지만 집어 던지지도 않았고 짜증 내지도 떼쓰지도 않았다. 당연히 못하는가 보다 하는 태도였다. 우나는 테이블에 주사위가 올려져 있는 삽화의 50피스 퍼즐 맞추기를 하고 있었고 송주영은 자, 이제 옆에 뭐를 붙여야 할까? 옳지! 같은 말을 심드렁하게 하고 있었다. 퍼즐은 도무지 다 맞춰질 것 같지가 않았다. 송주영은 그러는 사이에도 언제 레코드를 바꿔야 하지? 언제 바늘을 들어야 하지? 하는 생각들을 했다. 송주영이 턴테이블로 고개를 돌렸을 때 우나가 물었다. 이게 뭐예요? 뭐가? 이거요. 이게 뭔데? 우나는 스피커를 가리켰다. 스피커야. 노래를 듣게 해 주는 거야. 우나는 스피커 앞으로 다가갔다. 바닥에는 우나가 내려놓은 퍼즐 조각 두 개가 있었다. 그리고 송주영을 돌아보았다. 송주영은 퍼즐을 놓고 우나에게 갔다. 송주영은 우나가 처음 준을 알아차린 날을 기억했다. 어쩌면 그날은 준이 우나를 찾아간 날일 것이다. 여전히 비가 온 도시를 적시던 초여름이었다. 모든 것이 선명했고 생생했다.

IO

준의 첫 음반 「돌핀」은 달리아 아일랜드(Dahlia Island)라는 유명하지 않은, 누구도 들어 본 적 없다고밖에는 설명이 안 되는 레코드 회사에서 나왔다. 달리아 아일랜드라는 작은 회사는 준의 음반을 낸 지 얼마 지나지 않아 문을 닫았다. 준의 처음이자 마지막이었던 음반은 달리아 아일랜드로서도 처음이자 마지막이었던 음반으로 사람들에게 알려지지도 못한 채 사라졌다. 이후 소량으로 찍은 준의 음반은 어딘가로 흩어졌다. 레코드 회사는 포틀랜드 출신의 음반 기획자가 만든 회사였는데 그는 이후 레코드 업계를 완전히 떠났다. 이 때문에 훗날 준의 음악을 들은 사람들이 레코드를 구하려고 하거나 준과 함께 음악 작업을 하고 싶어도 방법을 찾을 수 없었다. 준의 음반은 우연히 레코드 가게에서 음반을 샀던 사람들로부터 입에서 입으로 전해졌다. 그 이후로 30여 년이 흘렀다. 준의 데뷔 앨범은 1970년대 포크 명반을 꼽을 때 늘 언급되며 그녀의 영향을 받았음을 고백하는 포크 뮤지션도 적지 않다.

우나는 일주일 내내 포틀랜드에 대해 공부했다. 포틀랜드에 대한 자료는 많지 않았다. 달리아 아일랜드의 대표가 뉴욕이나 샌프란시스코 출신이었으면 좋았을 텐데 싶기까지 했다. 우나는 사과 상자 속 자료들처럼 포틀랜드 관련 자료들도 이미 읽고 또 읽어 익숙하다 못해 다 외운 상태였다. 우나는 모든 것이 레코드 회사로부터 시작될 수밖에 없다고 했다. 대표는 포틀랜드 출신이니 아직 포틀랜드에 사는 것인지 아니면 지금은 어디로 갔는지 죽었을지 살았을지 어쩌면 서울이나 도쿄나 어쩌면 부산이나 대구에서 영어 회화 선생님을 하고 있을지도 몰랐지만 어쨌거나 포틀랜드에 대해 알아야 했고 만약 포틀랜드에 대해 더 알 수 없을 만큼 알게 되면 그때는 돈을 모아 포틀랜드로 갈 것이다. 포틀랜드의 커다란 레코드점이나 대학의 졸업자 명단이나 지역 방송국을 찾아다니며 달리아 아일랜드의 대표나 그를 아는 사람을 찾을 것이다. 그러기 위해서는 포틀랜드에 대해 공부해야 했다. 포틀랜드에 대해 더 알 수 없을 만큼 알게 되면 그때부터는 돈을 모으는 방법에 대해 생각하고 연구해야 했고 그 과정을 마치면 돈을 모아야 했고 돈을 모으고 나면 영어 공부를 해야 했고 그러고 나면 그러고 나면 정말로 포틀랜드에 갈 수 있을 것이다. 우나는 연습장을 겨드랑이 사이에 끼운 채로 말했다. 언젠가는 되겠지. 응. 나는 대답과 함께 고개를 끄덕였다.

해가 점점 길어지고 있었다. 자판기 옆으로 나 있는 문을 열고 나가면 휴게실이었다. 휴게실에는 벤치가 있고 담배꽁초가 널린 바닥이 있고 그 위를 비행하는 비둘기들이 있었다. 벤치 가운데에는 긴 파마머리를 한 여자가 닭고기가 들어간 커다란 샌드위치를 들고 한 입 먹고 비둘기 한 조각 던져 주고 한 입 먹고 비둘기 한 조각 던져 주고 있었다. 여자는 흐뭇해 보였다. 나와 우나는 벤치 뒤에 서서 자판기 커피를 마셨다. 비둘기가 많아서인지 사람들은 휴게실에 잘 오지 않았다. 흡연자들은 차라리 밖으로 나갔다. 긴 파마머리 여자는 인기척이 나자 뒤를 돌아보았다. 활짝 웃으며 얘들 좀 봐요 했다. 크고 환한 웃음이었다. 조금의 의심도 주저함도 없이 재잘거렸다. 얘가 얘가 제일 잘 먹어요. 그래서 저기 작은 애가 잘 못 먹어서 쟤가 먹을 수 있을 때까지 여러 번 던져 줘야 해요. 여자는 천천히 샌드위치 조각을 던져 주고 있었다. 여자는 공무원 시험을 준비하는 사람 임용고시를 준비하는 사람 공인중개사 자격증 시험을 준비하는 사람 알 수 없지만 어쨌거나 도서관 의자에 앉아 있는 사람 비둘기를 보러 오는 사람 비둘기와 노는 사람 어떤 사람. 여자는 아무래도 비둘기 때문에 오는 사람인지 정말로 열심히 먹이를 던져 주고 있었다. 저 멀리로 오래된 대학 병원 건물 몇 동과 교회가 보였다. 그 사이로 건물들 건물들 건물들이 솟아 있었다. 높은 곳에 올라가면 볼 수 있는 것은 그뿐이었다. 회색 하늘과 건물들 건물들 건물들과 비둘기 비둘기 비둘기.

그 무렵 배정은 이전처럼 나를 잘 챙겨 주지 않았다. 우리가 다퉜거나 배정이 변한 것은 아니었다. 배정은 늘 나를 챙겨 줬고 우리는 매일 옆자리에 앉아 수업을 들었다. 다만 배정이 가끔 오후 수업을 빼먹었고 어떨 땐 수업이 끝나자마자 손으로 인사만 하고 뛰어나갔다. 그러니까 여느 때처럼 배정이 쉬는 시간에 졸리지 않느냐고 물어봐 주지도 않았고 버스 타는 곳까지 걸어갈 때 웃긴 얘기를 해 주지도 않았다. 일찍 가 버리니 그럴 수가 없었다. 배정은 수업을 빼먹을 때마다 늘 가야 할 곳이 있다고 했다. 그럴 때면 나는 배정이 이번에 치르는 네 번째 대학 입학시험에 대해 생각했다. 그러다 우울해지기도 했지만 어떻게든 되겠지라고 생각했다. 나는 나에 대해 별생각이 없는 것처럼 다른 사람들에 대해서도 어떻게 되겠지라고 생각했다. 정작 뭐가 되어 가는 것은 없었다. 뭐가 될 리가 없었다. 시간은 흐르고 나는 지금처럼 살아갈 것이다. 지금 같은 대학생이 직장인이 될 것이다. 그마저도 될 수 없을지도 모른다. 시간이 지날 것이다. 그 이후는 알 수 없다. 되는 것 없이 변하는 것 없이 완성되는 것도 나아지는 것도 없고 깨닫고 나아가는 것도 없다. 그것만은 꼭 그렇게 될 것이다. 그걸 깨닫고 앞을 보아도 이것 봐. 대구타워에 올라서도 빛나는 불빛 사이 건물들 건물들 매연과 건물들이었지? 반짝이는 야경을 걷어 내면 똑같은 건물들 건물들일 거야. 도서관 휴게실에 나와도 그대로지. 내 마음을 지금의 풍경이 증명하고 있었다. 비둘기는 순간 참새 떼들처럼 동시에 날아올랐다. 방금 세균과 병균이 쏟아져 내린 거지? 나와 우나는 놀라지도 않았다. 샌드위치를 던져 주던 여자는 이리 다시 오라고 휘이 휘이 하고 손짓을 했다. 비둘기들은 이미 멀리 가 버리고 없었다. 우리는 종이컵을 들고 다시 도서관으로 들어갔다. 이제 준의 음악이 좋은 것을 알아 버렸지만 회색과 매연의 벌판에서는 아무 생각도 들지 않는다. 매일 우나는 눈을 감고 많은 것들을 생각한다. 잠을 자지 않아도 눈을 뜨지 않는다. 나는 사람들이 건물들을 보며 무슨 노래를 부르나 생각했다. 눈앞의 것을 보며 무슨 노래를 부를 수 있을까, 대구의 시민들은? 아무리 생각해도 떠올릴 수 없었다. 사람들은 노래하지 못하고 그냥 이어폰을 꼈다. 이어폰 속 소리는 거리의 소음에 묻히고 아무도 노래를 노래 같은 것을……

　　나와 우나는 정수기에서 물을 따라 마셨다. 정수기에서는 깨끗한 물이 나온다. 깨끗한 것들은 어디에나 있다. 더러운 것들이 어디에나 있듯이. 여기에 어떤 순서가 있고 무슨 다툼이 있는지 누가 말해 주면 좋겠다. 우리는 짐을 챙겨 도서관을 나왔다. 봄이라 황사가 심했다. 날은 따뜻했고 목은 따가웠다. 버스 정류장을 향해 걸었다. 나는 매번 실험하는 자세로 버스를 탔다. 우나는 미국에 포틀랜드가 여러 곳 있다고 했다. 힘들 것이 없다는 표정으로 말했다. 모든 포틀랜드를 더 알 수 없을 만큼 알게 되면 그때 우리는 다음 것을 공부할 것이다.

배정은 학원을 빼먹을 때마다 우미를 만나러 갔다. 혼자 도서관에서 빌린 책을 들고 도넛 가게에 갔을 때였다. 엄마 나는 오늘 좀 늦을 거야. 집에 전화를 하고 2층에 자리를 잡았다. 2층 창에서 거리를 내려다보았다. 길을 걷는 사람들의 입 모양이 보였다. 웃다가 듣다가 말하는 사람들. 소리는 들리지 않지만 수다스럽고 소란스럽다. 어디선가 졸업식이 있었나 보았다. 작은 꽃다발과 케이크 상자를 든 사람들이 어딘가로 향하고 있었다. 곰 인형이나 쇼핑백을 든 사람들도 보였다. 나는 멍하게 앞을 바라보다 책 표지만 바라보다 아직 너무 뜨거운 핫초코를 한 모금 마시려다 말았다. 한 손에 컵을 쥐고 다른 한 손으로는 페이지를 넘기며 책을 읽어 보려 했다. 이름만 아는 소설가의 책이었다. 페이지는 30장쯤 넘어갔지만 무슨 내용인지 뭐가 어떻게 되는지 도무지 알 수가 없었다. 눈으로만 페이지를 넘기고 있다가 1층으로 내려가 유니폼을 입은 사람에게 따뜻한 물을 달라고 했다. 서너 명의 사람들이 줄을 서서 도넛을 고르고 있었다. 그 사이로 배정의 검은색 점퍼가 보였다. 야구 모자도 보였다. 우미는 메마른 표정으로 도넛 몇 개를 가리키고 있었다. 나는 정과 눈이 마주쳤고 깜짝이야 우리 둘은 동시에 말하고 정은 황당한 표정으로 도넛을 먹겠느냐고 했다. 우미가 돌아봤다. 언니, 깜짝이야. 도넛 같이 먹어요. 많이 골랐어요. 나는 2층에 있겠다고 했다. 우미와 정은 계산된 도넛을 들고 곧 2층으로 올라왔다.

우미와 정은 정의 친구들을 만나 점심을 먹었다고 했다. 둘은 근처 대학교에서 친구들을 만나 파스타를 먹었고 좀 걷다가 시내로 왔다고 했다. 나는? 나는 학원에 갔지. 혼자 김밥을 먹었고 도서관으로 돌아갔어. 우리 셋은 창가에 붙어 졸업식이 끝나고 거리를 돌아다니는 사람들을 구경했다. 모두 애쓰고 있었다. 애쓴 머리와 옷들 추위를 버티는 몸들, 허나 사람들의 표정은 그 모든 것을 지워 버렸다. 그보다 훨씬 컸다. 아주 크게 웃는데 허탈해 보이는 눈은 애써 입은 옷들보다 먼저 눈에 들어왔다. 창에 김이 서리면 휴지로 닦았다. 우리는 한참을 창에 붙어 사람들을 구경했다. 나는 다 마신 컵을 들고 먼저 집에 가 보겠다고 했다.

"언니. 같이 있다 가요. 우리 다 가까운 데 살잖아요. 언니가 없으면 슬퍼요."

"왜 내가 없으면 슬프지?"

"허전하잖아요. 셋이 있다가 둘이 있으면 허전하잖아요."

나는 다시 자리에 앉아 우미를 보았다. 우미는 웃고 있었다. 나는 우미의 볼을 잡아당겼다.

"언니, 나랑도 놀아 주세요. 언니는 보통 때 뭐 하고 놀아요?"

"그냥 여기 왔다 갔다 해."

"같이 왔다 갔다 해요."

"애랑 왔다 갔다 해."

"언니, 언니는 언니예요. 애는 애고요."

배정이 내가 애냐? 하고 물었고 우리는 모두 애지 애야라고 대답했다. 우리는 다시 창가에 이마를 붙이고 길과 사람들을 구경했다. 그러다 남은 도넛을 각자 입에 털어 넣고 짐을 챙겨 나왔다.

"언니, 이제 따뜻하지요? 난 봄이 정말 좋아요."

"난 여름이 더 좋아."

"여름은 여름대로 봄은 봄대로 좋지."

배정이 우미의 어깨에 손을 올리며 말했다. 우미는 뭐라고? 되물었다.

"다 좋다고."

배정은 천천히 손을 내렸다.

버스는 금방 왔다. 우리 셋은 각자 다른 자리에 앉아 창을 보았다. 지나는 사람들 이미 불을 꺼 버린 건물들 시커먼 신천과 먼 불빛. 신천은 다 삼키고 있었다. 건물들 매연들 그보다 지루하고 더러운 것들 가끔 슬픈 것들. 어떨 때는 버스에 타는 게 힘들고 어떨 때는 아무렇지도 않고 그건 배정이 학원에 빠지는 횟수 정도의 확률일까 그보다 높을 것도 같고 지금 상황으로 보면 더 낮을 것도 같고. 그러다 살짝 잠이 들었는데 우미가 어깨를 흔들어 깨웠다. 배정은 우미를 데려다 주겠다고 하며 나에게 조심히 가라고 했다.

"집이 바로 이 앞인데."

"그래도 조심히 가라고."

배정은 손을 흔들었고 우미는 가만히 서서 내가 가는 것을 지켜보았다. 우미는 졸업식을 마친 여고생들처럼 짧은 치마에 높은 구두를 신었다. 하지만 우미는 애쓴 게 아니었다. 우미에게는 쉬운 일이었다. 나는 집을 향해 걷다가도 가끔 뒤를 돌아보았는데 우미는 여전히 그 자리에 서서 나를 보고 있었다. 몸이 마르고 긴 우미, 나뭇가지 같다. 서서 손을 흔드는 나뭇가지 같다. 우미가 나를 보는지 먼 곳을 보는지 거기까지는 보이지 않았다. 잠이 묻은 걸음으로 집을 향해 갔다.

9시도 되지 않은 시간이었다. 책가방을 내려놓고 손을 씻고 이를 닦고 물을 마셨다. 엄마 아빠는 드라마를 같이 보고 있었다. 나는 거실 바닥에 널려 있는 귤을 들고 방으로 갔다. 옷을 벗고 잠옷으로 갈아입었다. 잠깐 누워야지 하는 생각으로 침대로 갔다. 등이 무겁다는 생각, 목이 무겁다는 생각, 발이 아프다는 생각을 했다. 그리고 잠이 들었다. 깨어나니 2시였다. 거실로 나가 물을 마셨다. 온 집이 캄캄했다. 온 동네가 캄캄했다. 멀리서 몇 개의 불빛들이 보였다. 아파트 앞 동에는 아직 잠들지 않은 사람들이 있다. 모두 뭐 하는 거야? 내가 사는 아파트 왼쪽 멀리로는 미분양 아파트 더미들이 있다. 어둠 속에서 그 더미들이 보였다. 아주 어두운 덩어리였다. 어쩌면 정말 보이는 것은 아닐지도 몰랐다. 있으니까 보인다고 생각하는 것일지도 몰랐다. 나는 다시 물을 마시고 방으로 돌아가 침대에 누웠다. 우미는 배정의 친구들과 만났다. 내가 배정의 친구들과 만났다면 아주 어색했을 텐데 우미가 정의 친구들과 만났다고 하니 왠지 자연스러웠다. 배정의 친구들도 배정처럼 우미에게서 눈을 떼지 못했을 것이다. 그 장면이 눈에 그려졌다. 배정은 자랑스러웠을까 슬펐을까 내일 나는 배정을 보게 될까 못 보게 될까 그러다 다시 잠이 들었다. 나는 꿈을 꾸었는데 얼핏 기억나는 게 학원 같은 반 남자와 배정, 그리고 내가 유람선 안 휴게실에서 카드 게임을 했다. 평소엔 친하지도 않던 남자와 나는 꿈에서 굉장히 친했다. 배정만큼 친해서 카드 게임을 하는 동안 계속 웃으면서 장난을 쳤다. 배정은 꿈에서도 친절했고 우리는 바다를 보며 즐거워했다. 평소의 나도 아주 바쁜 건 아니지만 꿈에서는 유람선 같은 데서 카드 게임을 하는 사람이었다. 아 이렇게 계속 한가하면 좋겠다. 잠결에 그렇게 말하고 잠에서 깨어났다. 그리고 다시 잠이 들었다.

12

대구에 산 지 몇 년이 지났지만 아직 내가 살고 있는 동네
와 시내 말고는 아는 데가 없었다. 태어나서 여태껏 대구에서
산 배정은 이곳저곳을 잘 알았고 이사 온 지 두어 달 지난 우
미가 나보다 나았다. 이전에 배정이 생일이라고 해산물 레스
토랑에 데려간 적이 있었다. 과학 고등학교가 있는 동네였는
데 도로가 깨끗하고 차도 드문드문 다니는 한가한 동네였다.
차만 가끔 지나가는 도로 왼편으로 피자집이 하나 있었고 맞
은편으로는 아파트와 큰 상가가 있었다. 배정은 상가 안에 있
는 레스토랑에서 점심에 뷔페를 사 줬다. 그게 처음이었다. 집
이랑 시내 말고 다른 동네에 가 본 것이. 배정은 외삼촌이 그
동네에 산다고 했다. 몇 년 전까지는 자기도 여기서 살았는데
엄마 아빠가 지금 사는 아파트를 계약해 버렸다고 했다. 저
기서 학교를 다녔는데, 외삼촌 아파트가 저건데. 배정은 버스
안에서 여기저기를 가리켰다. 버스는 차도 사람도 별로 없고
아파트만이 일렬로 서 있는 길을 천천히 빠져나갔다.

내가 사는 동네는 대구의 끝으로 경상북도와 인접한 지역
이었다. 신도시라고 하는데 이 동네 사람들만 그렇게 생각했
고 보통은 변두리라고 불렀다. 지금은 아파트 몇 동만 돌아도
낮은 산이 보이지만 언젠가 그러니까 가까운 미래에 여기저

기 다 개발될 것이라고 했다. 발전, 발전이라는 것을 하게 된다는 말이었다. 사람들이 말하는 발전이라는 것은 모두가 아는 어떤 것이 들어선다는 것이었다. 체인형 카페와 레스토랑 멀티플렉스 영화관과 그 모든 것이 들어 있는 쇼핑센터 같은 것 말이다. 이미 큰 마트가 들어섰고 아파트는 늘 언제나 들어섰고 들어서는 중이었다. 영화관이나 쇼핑센터, 학교와 수영장은 얼마 전에 대구시로 편입된 몇 개 동에 들어선다고 했다. 어디랬지, 차를 타야 갈 수 있다고 했다. 거기가 어디야? 아직 버스가 안 다니는 곳이라 모두들 잘 모른다고 했다. 모두들 잘 모르는데 만나면 그 동네 이야기를 했다. 결국 거기가 어디인지 언제 영화관이 생기는지는 알 수 없었고 그저 먼 일처럼 보였다. 지금은 다만 아파트들이 자꾸만 들어섰다. 들어서기만 했다. 늘 공사를 하고 있었으나 사람들은 채워지지 않았고 우리가 볼 수 있는 것은 텅 빈 시멘트 덩어리가 서 있는 모습일 뿐이었다.

대구시는 대부분의 광역시들이 주요 기관, 즉 시청 도청 같은 것을 신도심으로 이전하는 등의 변화를 꾀할 때에도 시내 중심의 단핵 집중형 공간 구조를 유지했다. 단핵 집중형 공간 구조 유지, 즉 이 말은 시내 말고는 개발된 도심이 없는 편이라는 거다 그치? 그런데 이제야 뒤늦게 신도시 개발 같은 도시 공간의 변화를 시도하고 있는데 그 예가 바로 니들이 살고 있는 동네다. 학원 선생은 말했다. 대구시가 도시 공간의 변화를 시도해서 우리가 뭐가 달라지는지 알 수는 없었고 나와 우나는 가끔 밤에 미분양 아파트 근처를 산책했다. 있지, 대구시가 계속 단핵 집중형 공간 구조를 유지했다면 여기 아파트가 들어서지 않았을 거라고 학원 선생이 그랬어. 그럼 우리는 이 텅 빈 시멘트 사이를 돌아다닐 수 없었을 거야. 나는 속으로 말했다. 단핵 집중형 공간 구조와 도시 공간의 변화. 발음하기도 어려웠다. 미분양 아파트에는 근처 중고생들이 밤마다 모여 술을 마시고 담배를 피웠다. 중고생들은 공사장 근처에 남은 각목들을 모아 태웠다. 멀리서 연기와 연기를 가르는 웃음소리가 들렸다. 나와 우나는 10대인데 중고생은 아니고 이도 저도 아닌 사람들일 뿐이었다. 우리는 이어폰을 한쪽씩 나눠 낀 채로 타는 냄새를 지나쳤다. 우나가 가져온 음악은 도서관 휴게실보다 한밤의 미분양 아파트와 더 어울렸다. 밤이라 조용한 곳을 돌아다니기가 긴장되었지만 음악을 듣는 것은 좋았다. 우리는 아무 말도 하지 않고 손을 잡은 채로 시멘트 덩어리 사이를 걸었다. 우나는 기타 하나가 중심이 되는 음악을 좋아했고 그 노래들은 모두 먼 곳을 노래하는 것 같았다. 연기가 향해 가는 곳, 웃음소리가 떨어지는 곳, 그보다 먼 곳을 노래했다. 우리가 어두운 밤과 음악에 집중하는 사이 우우우 우우우 시멘트는 그렇게 노래했을지도 몰랐다.

자기들끼리만 아는 소리로 우우우 우우우 음을 맞추고 있을 것 같았다. 우우우 우우우. 우우우 우우우 우나와 나는 그렇게 음악을 들으며 미분양 아파트 사이를 걸었다. 아무 말 없이 각자 이상한 생각들을 했다. 나는 가끔 걸음을 멈추고 웃었고 우나는 갑자기 내 손을 잡고 뛰었다. 그리고 다시 웃었다. 우리는 한참 동안 빈 아파트 사이를 걷다 불빛이 환해지고 사람들이 많아지는 갈림길에서 손을 흔들고 헤어졌다. 나는 뒤를 돌아 몇 걸음 걷다 다시 뛰어가 우나의 등을 안았다. 우나가 깜짝 놀랐는지 큭인지 켁인지 하는 소리를 냈다. 우나는 가만히 섰고 나는 더 힘을 주어 안았다. 우나의 목에 내 머리를 댔을 때 우나가 낀 이어폰에서 나오는 음악이 들렸다. 첼로 소리가 들리고 젊은 남자가 자신감 없는 소리로 노래를 시작했다. 이어폰에서 새어 나오는 남자의 목소리는 뭉개져 시멘트의 노래처럼 들렸다. 우우우 우우우 우우우 우우우. 그렇게 말이다.

다른 동네에 대해 아는 게 없었지만 그래도 도서관을 향하는 버스가 지나는 곳들은 알았다. 우나는 나보다 더 아는 게 없었다. 시내의 백화점도 도서관도 나보다 더 헤맸다. 하지만 우나는 포틀랜드에 대해 잘 알았다. 오리건 주의 포틀랜드는 날이 갈수록 더 자세하고 집요하게 공부하고 있었고 다른 주의 포틀랜드에 대해서도 차츰 알아 가고 있었다. 어느 날 나는 우나에게 엄마가 일하는 미용실이 어딘지 아느냐고 물었다. 우나의 엄마는 일본에 가기 전부터 줄곧 머리를 만지는 일을 하셨다고 했다. 지금은 친구분이 한다는 시청 근처의 미용실에서 함께 일을 하신다고 얼핏 들었던 것이 생각났다.

"너, 너네 엄마가 일하는 데 가 본 적 있어?"

"아니."

"어딘지는 알아?"

"아니, 몰라."

우나는 잠시 생각하다 나에게 물었다.

"너는 너네 아빠가 일하는 데 가 본 적 있어?"

"어, 몇 번."

"뭐?"

"가 봤다고."

"거기가 어디인지 잘 알아?"

"아니 잘은 몰라."

우나는 으응 하며 고개를 끄덕였다.

"우미는 가 봤어. 어딘지도 알거야."

우리는 왠지 그럴 만하다는 생각이 들어 고개를 끄덕였다. 우나의 집에 놀러 가면 우나는 아무도 없는 텅 빈 집에 혼자 누워 있었다. 그게 우나의 모습이었다. 하지만 우나가 준에 대해 알아 가려 할수록 우나는 점점 더 밖으로 향했고 한 걸음 더 내밀었다. 지금의 우나는 대부분의 시간을 방에서 보낸다. 하지만 언젠가 우나는 더 멀리 갈 것이다. 도서관에 더 자주 가고 시청 옆 미용실에 가고 우미와 배정의 뒤를 밟게 될지도 몰랐다. 그리고 그보다 더 먼 곳, 나도 눈을 감고 한참을 생각해야 하는 그 먼 곳으로 갈지도 몰랐다. 그러니까 포틀랜드 파이오니아 오리건 달리아가 피는 곳, 그 모두를 합한 것보다 먼 곳으로 갈 것이다. 그곳이 어디인지 아직은 알 수 없지만 나는 우나가 내미는 걸음 옆에 붙어 있을 것이다. 그건 함께 걷는 거야? 우나의 발에 작게 엎드리는 거야? 우나가 나를 업는 거야? 그게 어느 것일지 몰라도 볼 것이다 우나와 함께. 어떻게 될지 앞으로 내가 어떤 사람이 될지 미래란 도무지 어떤 것인지 모른다. 하지만 나로서도 봐야 할 것이 있었다. 확인할 것이 있었다.

13

다음 날 쉬는 시간에 배정은 말했다. 나 할 말 있어. 나는 말을 자르듯 바로 대답했다. 말해. 나중에 말할 거다. 뭔데? 나중에 말할 거라니까. 배정은 고집을 피웠다. 나는 배정의 팔을 툭 쳤다. 그리고 바로 책상에 고개를 묻었다. 10분 뒤 배정은 나를 깨웠다. 나는 졸린 눈으로 앞을 보았다. 어떻게 지나가는지도 모르게 수업 몇 개가 끝났다. 학원 수업이 끝나고 학원을 나오는데 배정이 커피를 사 준다고 가자고 했다. 나는 대답도 않고 슬렁슬렁 따라갔다.

마주 앉아 본 배정은 할 말이 많은 표정이었다. 그러다 한숨을 깊이 내쉬고 커피를 한 모금 마셨다. 내가 손가락으로 찌르기만 해도 이야기를 줄줄줄 쏟아 낼 것 같았다. 배정이 정말 그럴 것 같아서 찌르지는 않았다. 찌를 수가 없었다. 뭔가 착잡한 심경. 복잡한 마음, 불안과 초조로 영혼이 부풀어 자꾸만 커져 가고 있는 게 눈에 보였다고 해야 할까나. 그러니 찌를 수 없었다. 배정은 한숨을 또 쉬고 나는 빙글빙글 웃었다. 한편에서는 여러 가지 생각들이 저마다 오르락내리락하고 있었다. 한숨으로 자꾸만 부풀어 오르는 배정이 이런저런 이야기를 어쩔 수 없이 뱉어 내는 것 같았다. 배정은 우미에 집중하고 우미는 자신에 집중하고 우나는 준에 집중하며 나는 우나에 집중하지만…… 정말이야? 이게 집중인가. 있지 나는 우미를 바라보다 우나와 고개를 끄덕이고 보통은 우나를 생각하지만 우나가 준을 생각하는 것처럼은 아니야. 배정이 우미를 생각하는 것처럼도 아니겠지. 배정은 다시 크게 한숨을 쉬었다.

"나는…… 우미랑 계속 놀고 싶어."

배정은 팔짱을 끼고 그 사이에 고개를 묻었다. 나는 스푼으로 배정의 손등에 우미라고 썼다. 배정은 고개를 들지 않았다. 배정. 나는 너를 좋아하는데? 이런 목소리도 오르락내리락했다. 왠지 자꾸만 빙글빙글 웃음이 나왔다. 배정은 손등은 신경도 안 쓰고 간신히 고개를 들어 손바닥으로 붉어진 얼굴을 문질렀다. 붉은 얼굴은 점점 더 더워 보였다.

"우미랑 계속 놀자. 계속 놀게 되지 않을까? 그게 문제야? 그게 할 말이야?"

배정의 머리를 쓰다듬었다. 쓰다듬으면 쓰다듬을수록 배정은 울 것 같았다. 나는 배정에게 손을 씻고 오라고 했다. 배정은 아무 말 없이 일어나 화장실로 갔다. 의자에 등을 기대고 배정의 뒷모습을 보았다. 이곳의 조명은 따뜻한 색이고 테이블은 나무인데 회색을 띤 어두운 녹색 페인트가 옅게 칠해져 있고 미국 농가 분위기를 내려고 쌓아 둔 인형과 접시 들이 여기저기에 있다. 손님은 우리 둘뿐이고 방금 전 옆에서 떠들던 여대생 셋은 배정이 고개를 숙일 즈음 계산을 하고 나갔고 음악은 이런 걸 재즈라고 해? 재즈 그런 게 흐르고 있고 그런데 배정은 화장실 안에서 손을 씻으며 얼굴을 보고 울고 있을까? 울고 싶다고 생각하고 있을까? 울다 보면 화가 날까 부끄러울까. 배정은 우미가 좋지만 아주 잠깐은 좋은 마음을 합한 것보다 미울 때가 있을 것이다. 나는 사람들을 모르고 앞으로도 잘 모를 것이다. 나는 왜 매일같이 우나를 찾아가서 벽을 보고 있는 우나의 등을 보고 있을까? 누워서 눈을 감고 있는 우나를 보고만 있을까? 아무 말도 걸지 않고 가만히 보고 있는 걸까? 우나가 너무 멀리 보니까 말을 걸 수 없어 참는 건가. 나는 그만큼 우나를 좋아하는 걸까? 나는 우나를 미워할 만큼 좋아하고 있을까? 배정은 화장실에서 돌아왔고 나는 갑자기 커다란 질문을 삼켜서 아무 생각도 들지 않았다. 나를 샅샅이 뒤지면 나의 과거와 현재와 미래 어딘가에서 우나와 미움이 만날 것 같다. 왜인지 그런 생각이 들었다. 우나와 사랑과 나는 샅샅이 뒤지지 않아도 흐를 것이다. 어디에나 있겠지. 하지만 우나와 미움도 만난다. 어디선가 만난다. 분명히 만날 것이다.

배정의 앞머리는 물에 젖어 있었다. 나는 손을 뻗어 배정의 머리를 쓰다듬었다. 머리가 우스워졌다. 정은 이제 집에 가자고 했다. 우리는 가방을 들고 일어났다. 정은 계산을 하고 나는 먼저 밖으로 나갔다. 바람은 따뜻하고 배정은 수많은 질문과 감정 들을 품고 있었다. 나는 우나의 등을 보고 나는 눈을 감고 나는 먼 곳을 나는 향할 것이다. 봐야 할 것이 있어. 배정은 내 어깨를 툭 쳤다. 나도 배정의 어깨를 쳤다. 어깨를 치고 또 치면 뭔가 쏟아질 것 같아, 나는 다시 또 치려는 손을 내렸다. 아무것도 쏟아지지 않은 채로 오르락내리락하는 질문과 목소리들 속에서 빙글빙글 떠다니고 있다. 나는 집까지 걸어간다고 했고 배정도 그러겠다고 했다. 우리는 이미 와 버린 봄 속을 걸었다. 이거 황사야, 이거 더러워. 배정은 쓸데없는 말을 했고 나는 알아 알아 했다. 더러운 거 자꾸 마셔서 피곤해지면 좋겠다. 나는 그 생각을 하며 집까지 걸었다. 배정은 황사 이야기만 했다. 황사 이야기를 하면 황사를 마시게 되고 황사는 배정이 하고 싶은 말들을 감추었다. 황사 매일 와도 좋아? 그렇게 물어보면 배정은 응응응 응응 할 것 같았다. 아무 생각 없이 그 안에서 빙글빙글 거리면서 응응응.

14

도서관에서 읽을 책은 다 읽은 우나는 한동안 집에서 나오지 않았다. 침대에 누워 도서관에서 복사한 부분을 읽고 또 읽었다. 나는 그즈음 학원에서 도서관으로 가는 길 사이에서 봤던 중고 음반 가게에 들러 볼까 말까 하는 생각을 하고 있었다. 갈까 말까 갈까 말까 늘 생각만 했다. 거기에는 점원만 있을 때가 대부분이었고 손님이 들어가는 걸 본 적은 손에 꼽았다. 그렇게 늘 스치듯 휙 지나가며 가게 안에 누가 있나 보기만 했다. 우나가 도서관에 책을 반납하러 왔을 때 지나가듯 말했다.

"이 길을 따라서 걷다가 길 끝에서 횡단보도를 건넌 다음에 좌회전해서 쭉 가면 나 다니는 학원 나와."

움직이는 내 손끝을 보고 우나가 물었다.

"멀어?"

"아니, 5분도 안 걸릴걸? 5분쯤 걸리나."

"보여 줘."

"뭐를?"

"학원."

"그럴래? 아무것도 없는데? 그냥 건물만 있어."

"그냥 거기 뭐가 있나, 도로 더 큰 도로가 있지?"

우나는 길 끝을 향해 갔다. 우리는 바와 카페와 옷 가게 몇 개를 지나쳤다. 늘 지나치기만 하는 중고 음반 가게가 나왔다. 지나가듯 말했다.

"저기 중고 음반 가게다. 맨날 아무도 없어."

우나는 걸음을 멈추고 안을 들여다보았다. 그리고 다시 길 끝을 향해 걸었다. 골목이 끝나는 곳에서 횡단보도 쪽으로 갔다. 신호등이 바뀌길 기다렸다가 학원을 향해 걸었다. 나는 멀리서 보이는 학원을 가리키며 저기라고 했다. 저 갈색 커다란 건물이야. 우나는 아아 하며 고개를 끄덕였다. 우리는 갈색 건물이 점점 가까워지는 것을 보았다. 금방이었다. 5분도 안 걸릴 것 같았다. 나와 우나는 학원 앞에 서서 이게 학원이 구나 하는 얼굴로 가만히 서 있었다. 우나는 정면으로 손가락을 뻗어 물었다.

"이리로 가면 뭐가 나와?"

"글쎄. 안 가 봐서 모르겠는데 시장이 나올 것 같아 왠지."

"시장?"

"어. 좀 가면 시장이 있다는 소릴 들었어. 근데 이쪽인지 반대쪽인지 모르겠어. 여튼 이제 시내 같은 건 잘 안 나와."

우나는 응 했다. 응. 우리는 발걸음을 돌렸다. 학원이 서 있는 길을 따라 동물 병원과 애견 센터가 줄을 이었다. 개는 발로 유리창을 긁고 있었다. 너무 작아. 너무 작은 개들이 고개를 몸에 묻고 잠을 자고 있었다. 어떤 개는 물을 마시고 있었고 어떤 개는 정신없이 개집 안을 돌아다니고 있었다. 발로 유리창을 긁는 개를 빼고는 모두 창을 등지고 있었다. 나와 우나는 가끔 걸음을 멈추고 개들을 보았다. 개들은 정신없고 귀엽고 불쌍하고 좋았다. 우나는 일본 길거리에는 고양이가 많다는 말을 했다. 우나가 그 이야기를 하자마자 다음 집에 고양이가 보여서 깜짝 놀랐다. 우나는 저건 뭐라고 고양이 종을 말했다. 처음 듣는 거라서 금방 잊어버렸다. 우리는 왔던 길로 되돌아가지 않고 빙 돌아갔다. 그러려고 한 건 아닌데 정신을 차리고 보니 이미 돌아가고 있었다. 우나는 작은 목소리로 주문을 외듯 뭐라고 뭐라고 중얼거리고 있었다. 우나는 중얼거림을 멈추고 나를 보았다. 나는 우나의 얼굴을 보고 웃기 시작했고 우나도 따라 웃었다. 그러다 우리는 버스 정류장을 향해 갔다.

우나가 중고 음반 가게에 들른 것은 일주일 후였다. 그 일주일간 우나를 만나면 우나는 가만히 뭔가를 중얼거리고 있었다. 가만히 있으면 중간중간입니다, 돌핀, 그렇습니다 같은 말이 들렸다. 음반 가게에 가기 전날 우나는 나에게 이거 한번 들어 보라고 했다. 내가 뭘? 하자 우나는 천천히 입을 뗐다.

저 준의 「돌핀」이라는 음반을 아세요? 1976년에 나온 음반입니다. 제가 알기로는 그 이후 아무런 소식이 없는데 혹시 음반을 낸 이후에 그러니까 1976년 이후로 뭘 하는지 혹시 아는 게 있으세요?

나는 괜찮다고 한 다음 바로, 그런데 다짜고짜 이러기는 좀 어색하다고 했다. 그렇네. 조금 다짜고짜지. 어떡하지 어떡하지 우리는 잠시 턱을 괴고 생각했다.

"우선, 네가 거기 그냥 가는 거야. 가서 구경만 하고 와. 그런 다음에 혹시, 혹시 사고 싶은 게 있으면 사고 계산을 하면

서 저 이야기를 하는 거야. 그게 자연스럽지 않냐?"

우나는 고개를 끄덕였다.

"그다음에 저 말 하면 어색하니?"

"아니 괜찮은데?"

"정말?"

"어."

우나는 침대로 가 드러누운 채로 다시 주문을 외듯 중얼거리기 시작했다. 나는 우나의 침대에 올라가 그 옆에 누웠다. 그리고 우나의 눈을 손으로 가렸다. 우나의 눈동자가 살짝살짝 움직였다. 한참을 중얼거리던 우나는 목이 마르다고 밖으로 나갔다. 우나는 주방에서 커피 마실래? 하고 물었고 나는 어 하고 길게 대답했다. 커피를 가지고 돌아온 우나는 책상에 커피 두 잔을 놓고 다시 침대 위에 누웠다. 우나는 많은 준비를 했다. 많은 연습을 했다. 무엇을 위한 것 같지는 않고 그게 원래 할 일이었다. 나는 우나의 입안에 손가락을 넣었다. 잠깐 동안 방 안이 조용했다. 우나의 이가 느껴졌다. 손가락을 뺐다. 우나는 가만히 누워 있다 잠시 후 몸을 일으켜 벽에 등을 대고 커피를 마셨다. 나도 그 옆으로 가 커피를 마셨다. 커피 넘어가는 소리만이 났다. 우나는 커피를 절반쯤 마셨을 때 이제 끝났다고 내뱉었다. 끝났어. 이제 말할 수 있어. 목소리는 중얼거릴 때처럼 작았다. 우나는 끝냈다. 우나는 처음과

끝을 알고 있어? 알아. 알고 있어. 나도 보고 싶다. 내가 끝낸 것의 끝을 보고 싶다. 나는 커피를 다 마시고 컵 바닥에 맺힌 방울을 보았다. 이게 다 마르면 커피를 다 마신 거지. 그럼 끝인가? 내가 못 보니까 끝이 아니다. 그것은 끝이 아니고 애초에 커피의 처음도 모르잖아. 무엇보다 내가 보고 싶은 건 그게 아니야. 나는 우나의 다리를 베고 누웠다. 우나는 두 손으로 내 눈과 입을 막았다. 나는 내 손을 우나의 손 위에 얹었다. 편안했다. 방이 다시 조용해졌다.

우나와 나는 아무 일 없다는 듯이 자연스럽게 중고 음반 가게의 문을 열었다. 점원은 안녕하세요라고 건성으로 말하고 원래 하던 일을 했다. 이 사람은 의자에 앉아 고개를 숙이고 음악에 맞춰 잠깐 고개를 까닥까닥하다 등 뒤에 있는 음반을 뒤적거리고 있었다. 그걸 계속했다. 한가하네, 역시 보이는 대로 한가한 사람이었다. 우나는 A부터 Z까지 정리된 선반 앞을 몇 번 왔다 갔다 하다 한자리에 멈춰 서서 하나씩 훑기 시작했다. J칸이었다. 나는 여기저기 둘러보다 점원인지 주인인지 알 수 없지만 조용히 음악을 듣고 있는 남자를 훔쳐보았다. 남자는 우리를 힐끔 보다 휴대폰을 확인하다 다시 팔짱을 끼고 음악을 들었다. 우나는 레코드 하나를 들고 남자 앞으로 갔다. 발을 꼬고 있는 남자가 정면을 보고 있는 레코드였다. 레코드에는 suite for late summer라고 써 있었다. 남자는 고개를 들어 우나를 보았다.

"이거 얼마예요?"

"그건 저기, 저기, 안 파는 건데요."

"네?"

"아, 네 저기 그러니까, 안 파는 건데 팔 수 없는 건데 누가 잠시 갖다 놨나 봐요. 죄송해요. 이거 안에다 이제 넣어 놔야 겠네요."

남자는 우나의 손에서 레코드를 가져갔다. 우나와 남자는 어색한 표정으로 서 있었다. 그러다 우나는 말했다.

"저, 저기, 준의 「돌핀」이라는 음반을 아세요? 1976년에 나온 음반입니다. 제가 알기로는 그 이후 아무런 소식이 없는데 혹시 음반을 낸 이후에 그러니까 1976년 이후로 뭘 하는지 혹시 아는 게 있으세요?"

"뭐라고요?"

"준이요. 같은 음반인데 제니 준 스미스라고도 발매되었어요. 그 돌고래 할 때 그 돌핀이거든요 앨범 제목이요."

남자는 잠시 생각해 보다가 들어 본 것 같다고 했다. 근데 지금 뭐 하는지는 잘 모르겠어요, 남자는 팔짱을 낀 채로 말했다. 나와 우나는 실망한 표정으로 남자 앞에서 동시에 한숨을 쉬었다. 그리고 발길을 돌렸다. 남자는 미안한 표정으로 안녕히 가세요, 했다. 우리가 음반 가게를 나가려고 문을 열었을 때 남자가 말했다.

저, 다시 들러 주세요! 다른 사람한테 물어볼게요. 미안해요!

우리는 괜찮다고 고개를 몇 번이나 숙이다 나왔다.

15

비 오는 여름날 말고도 기억하는 것이 있다. 하지만 그날은, 다시 생각하니 비 오는 여름날이었다. 그해에 송주영은 어깨를 다쳐 일을 쉬고 있었다. 송주영의 아내는 미용실에 일주일에 네 번 나가 일을 했다. 송주영은 우나와 우미가 학교가 끝나고 집에 오면 점심을 먹이고 함께 공원에 산책을 하러 갔다. 하지만 이미 장마가 시작되어 집에 있을 때가 더 많았다. 송주영은 음악을 틀어 놓고 우나와 우미는 숙제를 했다. 우나는 숙제를 이미 끝내 놓고 드러누워 있었고 우미는 절반쯤 끝내 놓고 인형을 들고 와 언니에게 놀아 달라고 했다. 우나는 일어나 졸린 눈으로 같이 인형 놀이를 해 줬다. 우나는 인형 놀이를 하다 나오는 노래를 따라 불렀다. 송주영은 우나와 우미를 바라보았다. 가만히 빗소리를 따라 흐르는 음악 소리와 그 노래를 따라 부르는 목소리를 들었다. 송주영은 그다음 날부터 공원에 가는 대신 지난 달력 뒤 페이지에 노래 가사를 적어 벽에 붙여 두었다. 그 밑에는 발음도 조그맣게 적어 두었다.

그 발음은 한국어였어 일본어였어?

글쎄, 한국어였지. 근데 내가 일본어도 잘 못했으니까 몇 개는 보고 배우라고 일본어로도 써 있었지.

우나가 뭐였더라 하는 표정으로 말했다.

송주영은 다음 해 여름까지 열일곱 개의 노래 가사를 더 적어 벽에 붙여 두었다. 그러고는 집을 떠나 돌아오지 않았다. 몇 년 후에 다른 동네 놀이터에 얼어 죽어 있던 송주영을 동네 주민이 발견하고 경찰에 신고했다. 경찰은 우나의 집으로 전화하여 시신을 확인해 달라고 했다. 우나의 엄마는 우나와 우미를 옆집에 맡겨 놓고 나갔다. 그리고 몇 시간 후 혼이 나간 표정으로 돌아왔다. 우나는 어떻게 장례를 치렀는가 한국에서 친척들이 왔다 간 건지 아무것도 기억이 나지 않았다. 그 몇 개월의 기억을 건너뛰고 그다음이 생각난다. 우나의 엄마는 송주영의 물건들을 다 모아 태웠다. 송주영의 물건을 태

우는 데는 몇 시간 걸리지 않았다. 이미 갖다 버린 것도 많았고 레코드 말고는 짐이 별로 없었다. 송주영이 두고 간 레코드는 집을 떠난 이후로 우나가 보관하고 있었지만 그나마도 안전한 건 몇 개 되지 않았고 대부분은 그때 엄마가 태웠다. 우나는 엄마가 물건들을 태우는 사이 아빠가 가사를 써 준 달력 종이를 모아 하나씩 접어 상자에 넣었다. 며칠 후 엄마는 다시 미용실에 나갔다. 우나와 우미도 학교에 갔다. 우미는 다시 인형 놀이를 하자고 했고 우나는 같이 했다. 그러다 배가 고파지면 코코아를 우유에 타 먹었다. 우미는 어느샌가 인형을 손에 쥐고 자고 있었고 우나는 달력 종이가 든 상자를 들고 집을 나갔다. 우나는 집 근처 공원으로 갔다. 공원에는 사람들이 별로 없었다. 우나는 땅을 파기 시작했다. 사람들에게 들킬까 봐 아무도 없는 곳으로 가 땅을 팠다. 손으로 굳은 땅을 파느라 힘이 들었다. 옆에 보이는 돌을 들고 계속 팠다. 상자가 들어갈 깊이가 되자 우나는 상자를 묻었다. 그리고 어디서 본 것처럼 손뼉을 두 번 치고 기도를 했다. 그게 뭔지는 몰랐지만 오랫동안 마음먹고 있던 것처럼 자연스럽게 했다. 이미 한여름이었다. 벌레 우는 소리가 났고 햇볕 아래서 오랫동안 땅을 파서 어지러웠다. 우나는 슬프지만은 않았다. 문득 송주영은 시간이 너무 많아서 한 모습으로만 살 수는 없었다는 생각이 들었다. 여름낮처럼 여름 해처럼 너무 많아서 여기

저기 내다 버렸다. 우나는 그리고 집으로 돌아와 손을 씻고
우미 옆에 누워 잠이 들었다.

16

배정은 일주일 동안 학원에 나오지 않았다. 그사이 봄은
점점 깊어져 이대로 곧 끝나고 말리라는 불안을 주었다. 배정
은 전화를 해도 받지 않았다. 그 일주일 동안 우미는 평소와
는 다르게 늘 집에 있었다. 아무 데도 가지 않았어? 하루 종
일 집에 있었다고 했다. 평소 우미는 학교에 가지 못하는 것
때문에 늘 답답해서 미칠 지경이었다. 지금 뭐가 어떻게 되어
가는지 이렇게 학교를 몇 개월씩 안 다녀도 되는지 언제 일
본으로 돌아가는지 돌아가도 친구들보다 아래 학년을 다녀
야 하는 건지 매일 초조해했다. 우미는 학교 이야기가 나오면
풀이 죽었고 학교에 대해 늘 해명해야 한다고 생각했다. 본인
이 괴로운 주제임에도 늘 먼저 나서서 나는 학교를 그만둔 게
아니에요, 이런 문제 때문에 갈 수 없는 거예요, 곧 갈 거예
요 쉬지 않고 말했다. 우미가 학교에 다니건 안 다니건 듣는
사람들은 사실 별로 궁금해하지도 않았다. 내가 궁금했던 건
왜 우미는 해결의 의지가 전혀 없는 엄마에게 화를 내지 않

는가 하는 것이었다. 우미는 늘 엄마에게 순순했다. 학교에 안 다니는 걸로 별 불만이 없어 보이는 건 우나였지만 우나는 엄마가 일하는 미용실이 어딘지도 몰랐고 엄마가 말을 하면 듣는 둥 마는 둥이었다. 하지만 우미는 매주 미용실에 놀러 갔다. 앞머리를 자르고 돌아오고 염색을 하고 돌아왔다. 일주일 내내 집에 있을 그때도 머리가 밝은 갈색이었다. 지난 수요일 엄마에게 가서 염색을 했다고 했다. 우미는 봄이라 염색을 했다고 했다. 우미는 나와 우나를 앉혀 놓고 눈을 감게 한 후 앞머리를 잘랐다. 앞머리만 잘랐는데도 우나와 나는 좀 더 밝은 사람처럼 보였다. 우미는 우리의 눈썹도 깎아 주었다. 우미는 신이 났는지 우리에게 세수를 다시 하고 오라고 했고 스킨과 로션을 내밀며 다시 바르라고 했다. 그리고 파운데이션과 선크림을 섞은 후 얼굴에 찍어 주었다. 우미는 스펀지를 내밀며 평평하게 바르라고 했다. 그리고 눈썹을 그려 주고 아이섀도를 연하게 발라 주고 아이라이너를 그려 주고 마스카라까지 해 줬다. 나와 우미는 어색해서 서로를 쳐다보지 못했다. 각자 거울을 들고 한참 자신을 바라보다 익숙해졌을 때쯤 서로를 보았다. 달라 보이네. 그러게. 우미는 신이 나 보였다. 즐거워 보였다. 평소와 다르게 활력이 느껴졌다. 그날 우미는 나에게 너무 예쁘니까 집에 갈 때 화장을 지우면 안 된다고 여러 번 말했다.

배정은 그 일주일간 부산에 갔다. 우미가 잠깐 만났던 남자를 따라 부산으로 갈 거라고 했기 때문이었다. 때마침 우미에게 아무리 해도 연락이 되지 않았고 집에 찾아가도 우미는 없었다. 우미는 우나에게 집에 없다고 하라고 시킨 후 종일 밖에 나가지 않았다. 배정은 그 남자가 일하는 회사에 찾아갔지만 남자를 만날 수 없었다. 부산에 가도 우미는 없고 그 남자도 만날 수 없었다. 배정은 처음 며칠은 술을 마시고 길을 헤맸다. 배정은 마음이 너무 뜨거워져 술을 마시고 울고 토하고를 반복해도 가라앉지가 않았다. 우미가 미웠는데 그건 너무 많이 생각하다 보니 그렇게 된 것이었다. 하지만 이 모든 것을 여러 번 반복한다 해도 우미가 보고 싶었다. 이상했다. 우미를 죽이고 싶기도 한데 우미가 죽으라고 하면 정말 그럴 수 있을 것 같은 기분이었다. 며칠을 그러다 보니 오히려 포기하는 심정이 되어 마음이 전보다는 편해졌다. 배정은 그런 마음으로 해운대에 갔다. 바다를 보고 바다는 정말 좋구나 하는 생각이 들었다. 그리고 대구로 돌아왔다.

배정은 다시 학원에 나왔고 우미와도 다시 만났다. 우나에게 놀러 가도 우미는 집에 없었고 나와 우나는 늘 하던 대로 시간을 보냈다. 음악을 듣거나 서로를 웃기려 들거나 드러누워 어제 꾼 꿈을 생각했다. 그러면 잠이 왔다. 가끔 밖에서 우미를 봤지만 그때의 우미는 화장을 해 주던 때의 우미와 달라서 기운이 없고 불안해 보였다. 나와 우나는 이미 눈을 찌르고 있는 서로의 앞머리를 보다가 픽 하고 웃음을 터뜨렸다. 그리고 손으로 서로의 이마를 짚었다. 우나의 눈은 쓸쓸했고 우리는 손으로 서로의 이마를 짚은 채로 서로의 눈을 보았다. 그러다 손을 내리고 눈을 거두고 벽을 보았다. 한참을 그랬다.

배정이 이 이야기를 해 준 것은 2년 후였다. 그때쯤 우리는 우미 이야기를 할 수 있었다. 우리는 편안해졌나? 컸나? 큰마음을 갖게 된 건가? 모르겠지만 배정은 이야기할 수 있었고 나는 들을 수 있었다.

"그래서 부산은 어땠는데?"

"크고."

"크고?"

"바다가 좋았지."

"또?"

"부산 안 가 봤나?"

"어."

"부산도 안 가고 잘못 살았네."

배정은 그때 나와 우나가 서로의 이마를 짚은 채로 지었던 표정으로 말했다. 쓸쓸한 표정을 한 채 그리고 또 뭐가 있을까, 하고 말했다. 또 뭐가. 나는 가 보지도 못한 부산을 떠올렸지만 생각은 더 나아가지 않았다. 우리는 그러다 말았다.

17

우나는 노래 가사가 적힌 상자를 묻고 돌아와 손을 씻고 잠을 잤다. 울지도 않았고 잠을 자고 일어나 우미와 같이 엄마가 올 때까지 놀았다고 했다.

"나는 뭔가 어려운 일을 해낸 기분이었어. 할 일을 했다. 가장 좋은 것을 묻었으니까. 그리고 그걸 제대로 했으니까. 편한 기분으로 잤던 것 같은데."

우나는 무릎에 고개를 괸 채로 말했다.

"그렇지만 가끔, 아니 자주 지금도 매일매일 아빠를 생각해. 그게 슬프기도 한데 슬픈 것만은 아니고 무섭기도 하고 그러니까 나도 결국엔 집을 떠나 헤매다 놀이터에서 얼어 죽는 것이 아닌가, 아빠랑 나는 너무 닮았다고 하니까. 그러지 않을까. 나와 아빠가 가장 좋았던 시간을 묻어 두었지만 그때 태워 버리지 않고 묻어 두어서 내내 아빠는 어디선가 나에게 영향을 주고 있는 것 아닌가."

우나는 무릎을 감싸고 있던 팔을 뻗어 내 손목을 붙잡았다.

"어떻게 생각해?"

"뭘?"

"나도 놀이터에서 얼어 죽을 것 같아?"

"아니. 아니야. 무슨 소리야. 당연히 아니지."

"하지만 뭔가 아빠가 내게 계속 영향을 미치고 있는 것 같지 않아? 지금은 알 수 없고 느낄 수도 없지만 내 시간 전체를 보면 그렇지 않을까? 어떤 큰 영향을 미치고 있는 거 아닐까?"

"그게 네가 그렇게 믿고 있는 거 아냐?"

"믿고 있기도 하지. 달리 믿을 것도 없으니까. 아빠가 어떤 사람이었을 것 같아? 아빠는 문제가 많은 사람이 아니었어. 아주 평범하지는 않았지만 갑자기 아무 말 없이 집을 떠났다가 정신이 나가서 놀이터에서 얼어 죽은 채로 발견될 만큼 그러니까 갑자기 그런 식으로 그렇게 될 만큼 그렇지 않았다는 거야. 그런데 마음속으로는 그런 게 있었던 것일까? 어떻게 생각해? 뭔가 너무 커다란 게 있었을까? 아니면, 아니면 원래 그렇게 되기로 정해진 사람이었을까? 나는 아빠랑 닮았는데 그러면 나는 매일 침대에 누워 있는데 이렇게 누워 있다가 갑자기 밖으로 나가 돌아오지 않게 될까? 나는 그게 무서워. 무섭고. 무서워."

우나는 팔에 고개를 기댄 채로 무섭다 무섭다 했다. 나는 우나의 등을 안았다. 나는 딴생각을 했다. 다른 무서운 것들을 생각했다. 왜 밤에 잠이 들 때 내일 눈을 뜰 것을 생각하면 무서울까? 땅 끝까지 떨어지는 기분으로 무섭다. 분명 누군가가 내게 엄청난 상처를 줄 것 같아서 눈을 뜨기가 무섭고 또 언젠가 내가 누군가를 해칠지도 몰라서 무섭다. 나는 가끔 그것 때문에 내일 아침 눈을 뜨기가 무서운데 우나야 너는 얼마만큼 무서운 건데? 나보다 훨씬 훨씬 무섭다? 침대에서 걸어 나가 길에서 얼어 죽을까 봐 무섭다? 무섭다. 무섭다. 아 무섭다. 무서워서 무섭다.

그러고 보면 나 역시 뭔가를 묻었던 기억이 있다. 처음 기르던 개였다. 죽은 개를 수건에 싸서 천변가로 갔다. 시멘트 다리 옆 풀이 자라는 곳에 묻었다. 차가웠다. 개의 몸이 너무 차가웠다. 개의 이름은 노미였는데 왜 노미였는지는 모르겠다. 그 전 주인이 노미라고 지었다. 전 주인은 태어난 지 얼마 안 된 강아지를 맡기면서도 이름이 노미라고 말해 주었다. 고집이 센 사람이라는 생각이 아직까지 든다. 나는 그때 노미를 묻고 종일 울고 그다음 날도 울고 한참을 울었다. 잘했다는 생각이나 뿌듯한 마음은 하나도 없었다. 그런데도 지금 난 노미를 매일같이 생각하지는 않는다. 동네에 돌아다니는 개를 보면 가끔 생각한다. 아 노미. 노미가 있었지. 나도 개와 함께 살았고 그 개는 노미였지. 우나는 지금도 상자에 넣은 노래들이 생각난다고 했다. 그때를 그려 보면 우나는 작고 어리고 아빠는 젊다. 우나는 아빠가 너무 젊었다고 했다.

"넌 지금 열일곱인데?"

"내 나이의 두 배가 돼도 아직 너무 젊은 거지 그걸 이미 분명히 알아 버렸다. 안타깝다. 너무 젊다."

우나는 또 내 손목을 잡았다. 내 손목을 잡을 때 우나는 힘이 세졌다. 우나는 철봉을 잡듯 내 손을 꽉 잡았다. 우나에게 손이 잡힌 채로 벽에 등을 기댔다. 안타까운 것에 대해 생각해 보았지만 아무것도 생각나지 않았다. 뭐가 안타깝지? 아무것도. 나는 지금이 너무 선명하고 아깝다. 아무것도 하지 않고 이대로 그림자처럼 벽에 붙어 있어도 모든 것이 선명해. 선명하게 슬프고 아프고 행복하고 즐거워. 그런 마음이 드는 건 지금뿐이었다. 우나는 손목에 힘을 주었다. 지금 우나의 손톱은 선명한 분홍색이 되었다.

18

송주영은 1960년 대구에서 태어나고 자랐다. 1984년 대학을 졸업했고 전공은 일문학이었다. 아직 졸업한 같은 전공의 선배는 없었다. 데모로 학교가 닫혀 있을 때가 많았고 같이 다니는 학생들 중 많은 수가 전공이 뭔지 밝히고 싶어 하지 않았다. 주변 사람들은 공공연히 왜 영문과를 안 가고 그런 과를 갔느냐는 이야기를 했다. 졸업 이후 일본어 과외 아르바이트를 잠깐 했고 일본 식품을 수입하는 회사에 들어가 일을 하다 먼저 일본에 들어가 회사를 다니던 대학 선배를 따라 일본으로 건너갔다. 송주영은 일본 식품을 수입하는 회사에 다닐 때에 친구의 소개로 만난 여자와 결혼을 했고 일본으로 건너간 지 1년 만에 다시 한국으로 돌아와 학원에서 일본어를 가르쳤다. 몇 년이 지나고 대학 선배는 다시 같이 일할 생각이 없느냐고 물었고 송주영은 가기로 결정했다. 송주영과 아내, 우나와 우미는 일본으로 건너갔다.

19

문제집을 사러 대구역 근처 헌책방 골목에 갔다. 이전에 학교 다닐 때 같은 반 애가 알려 준 곳이었다. 그 이후 혼자 몇 번 와 봤는데 버스에서 내리면 늘 어디로 향해야 할지 헷갈렸다. 오늘은 다행히 멀리서 고가도로가 보였다. 우나와 함께 고가도로를 향해 걸었다. 길을 따라 늘어서 있는 헌책방 몇 군데를 기웃거리다 안경 낀 할아버지가 하는 책방에서 소설책 한 권을 사고 현대서점으로 가서 사야 할 문제집을 샀다. 현대서점은 다른 헌책방보다 크고 깨끗했다. 문제집만 들여놓고 팔아서 밖에서 보면 고등학교 앞 서점과 다를 게 없었다. 우나는 내가 적어 간 목록들이 하나씩 그어지는 것을 보고 웃었다. 사려고 했던 게 몇 개 되지 않아, 두세 군데 들르니 금방 다 살 수 있었다. 우나는 사려던 거 다 샀느냐고 묻고는 방금 지나온 고가도로 밑을 다시 가자고 했다. 볼 게 있어. 우리는 다시 아래로 향했다. 고가도로 밑은 어두웠다. 가끔 머리 위로 차가 지나는 소리가 났다. 덜컹덜컹. 우리는 내리막이 다가오자 으아아 소리를 지르며 뛰었다. 차가 지나는 고가도로 밑을 뱅글뱅글 돌았다. 소리를 지르며.

"여기 여기 이 길 꼭 영화에 나오는 그런 데 같애."

"미국 영화."

"어. 막 갱들이 나올 거 같아."

우나는 아까 내가 소설책을 샀던 헌책방을 향해 갔다. 할아버지 얼굴을 확인하고 멈춰 선 후 헌책방 밖에 쌓여 있는 예전 음악 잡지들을 들췄다. 트랙과 들판의 별 감정의 평행 우주 언제부터 우린 이다지도 막연히 기쁘지도 슬프지도 않은 노래들을 불러야 했을까? 어떤 날 오후만 있던 일요일 I Wanna Be Your Dog 승리한 패배자 두 대의 턴테이블과 한 개의 마이크. 알 수 없는 말들이 페이지마다 박혀 있다. 감정의 평행 우주에서 기쁘지도 슬프지도 않은 노래들을 한 개의 마이크를 들고 부르는 겁니까. 우나는 그사이 잡지 두 권을 골라 계산했다. 우리는 손을 잡고 흔들면서 고가도로 밑으로 향했다. 이번에는 조용히 그리고 천천히 걸음을 옮겼다. 덜컹덜컹. 서서히 우나가 어두운 곳으로 들어가는 것을 보았다. 우나는 그림자 속으로 들어가네. 차들이 빠르게 도로를 지나는 소리를 들었다. 우리는 어둠에 묻혔고 덜컹덜컹 소리에 완전히 가려졌다. 천천히 어둠을 빠져나오자 눈이 부셨다. 여전히 우리는 잡은 손을 흔들며 걷고 있었다. 길을 걷고 횡단보도를 건너고 나는 우나에게 뭘 좋아하느냐고 물었다. 우나는 글쎄, 하며 고민했다. 문득 대구타워에 올라갔던 일이 생각났다. 나는 싫은 것들을 줄줄줄 말했다. 더 말하라면 더 말할 수 있었다. 우나는 단어를 고르고 골라 아이러니를 설명했다. 옷을 잘 입은 사람이 바지에 묻은 아주 작은 크림 자국을 보고 이걸 어떡해 어떻게 해야 하나 신경질을 내는 것. 나도 그건 싫다. 배정은 뭐를 싫어한다고 했더라. 아무 말도 안 했지. 환타는 모두가 싫어하는 것이지만.

"나는 커다란 들판, 벌판이 좋아. 구르고 굴러도 끝이 보이지 않는 들판. 구를 때는 풀 냄새가 나고 한참을 구르다 주저

앉으면 고요해 새소리도 들리지 않아. 그런데 기다리다 보면 바람 소리가 나는 커다란 먼 곳. 풀. 바다가 좋고 범고래가 좋아 돌고래가 좋아. 큰곰이 좋아. 알래스카 갈색곰 북극곰 코끼리 사자 호랑이. 물이 어는 것 녹는 것. 내가 모르는 커다란 것. 그런 걸 알고 있어. 들판, 벌판, 바람 소리, 바다와 고래, 비, 아주 오랫동안 온 시간 동안 하나를 생각해. 달, 부들개지가 좋아. 산에 내리는 비, 바다에 내리는 비, 멀어진 사람을 생각하고, 멀리 뻗어 있는 길과 가로수, 거기에 해가 쨍쨍 내리는 것 비가 종일 내리는 것 다음 날 해가 다시 쨍쨍하고 밤이 되면 달이 내려오는 것, 아주 먼 곳에 있는 사람, 내 속에 들어와서 나와 같이 숨 쉬는 사람. 내가 절대로 모르는 시간. 그렇지만 이미 알고 있는 것이 좋아."

나는 윈도우즈 기본 배경 화면 같은 거네라고 놀렸고 우나는 그게 무슨 소리야 하는 표정이었다. 우나가 좋아하는 것, 우나는 여기에 없는 것들을 말했다. 들판과 벌판은 문자로 아는 것. 책에서나 본 거야. 숲에 사는 새들처럼 본 적 없는 것이다. 본 적 없는 것들을 우나는 줄줄줄 말했다. 우나는 손에 힘을 주었다. 우리는 언제 들판을 구르게 될까? 언제가 되어야 할 수 있을까? 나는 들판을 구르는 우리들이 그려지지 않았다. 그건 없는 미래였다. 나는 꼭 들판에 가지 않아도 되고 달빛을 보지 않아도 좋아. 고가도로 밑을 빙글빙글 원을 그리며 뛰고 싶다. 황사가 심한 날 실컷 걷다가 목 아파서 울고 싶다. 회색 건물들 매연 비둘기 모든 빠르고 시끄러운 것들, 우나는 어떡하냐. 걔네가 너무 많아서 어쩌지? 눈을 감으면 걸을 수 없고 눈을 뜨면 미워서 괴롭겠다. 그런 내 생각과는 상관없이 우나는 얼굴 가득 만족스러운 표정을 지으며 걷고 있었다.

우리는 좀 더 걷다 지난번에 같이 갔던 식당에 갔다. 음식은 금방 나왔다. 우나와 나는 오징어 덮밥과 오므라이스를 가운데 놓고 먹었다. 아무 말 없이 허겁지겁 먹었다. 그러고는 지난번 이 식당에 갔을 때 들렀던 작은 카페에 갔다. 카페 안에는 아무도 없었다. 우나는 잡지를 꺼내 테이블 위에 놓았다. 각자 한 권씩 나눠 천천히 읽었다. 잡지에는 페이지마다 녹음실과 낯선 길과 낡은 소파가 등장했다. 거기는 아름다운 곳 같았다. 이들과 단어, 노래와 티셔츠가 사는 곳, 그 모든 것의 친구들이 사는 곳. 깨끗한 침대와 소파가 있고 커다란 카펫이 있다. 우나가 말한 들판과 벌판은 훨씬 더 커다란 곳이지만 이들은 차를 타고 근처 들판으로 가 구른다. 스튜어트벡실비아루카킴스미스린다루제임스밥존이 구른다. 모든 사람들이 자전거를 타고 각자의 길을 달려도 풀밭이 이어져 있다. 잡지 안의 사람들 이름들 목소리와 설명들은 우나가 좋아하는 것처럼 여기에 없어. 몰입하다 보면 눈앞에 그려지는 것도 같고 눈을 뜨면 사라지는 것도 같고. 나는 미숫가루를 한 모금 마셨다. 컵을 쥐어 차가운 손으로 고개를 숙이고 있는 우나의 목에 손을 넣었다. 우나는 앗 차거 하고 소리를 질렀다. 아까부터 자꾸만 모두 어디에 있는 걸까 그 말이 머리에 박혀 있다. 아무리 차가운 손을 넣어도 빠지지 않을 것처럼 단단히. 모두 어디에 있는 걸까.

"그런데."

"그런데?"

"왜 우리 아빠는 집을 나갔을까?"

"뭐?"

"모르겠지?"

"나야 그렇지."

"생각한다."

"뭘?"

"아빠는 그 전날 회사를 갔다가 저녁때 들어와서 우리에게 손을 씻으라고 했다. 손을 씻으라고 했고 먹다 남은 카레를 데워서 밥 위에 얹어 주었다. 카레를 먹고 코코아를 타 줬고 그리고 셋이 나란히 앉아 텔레비전을 봤다. 그리고 엄마가 왔는데 그게 정확히 기억나는 건 아니고 엄마가 오긴 왔겠지. 아빠가 다시 손을 씻으라고 했다. 이를 닦으라고 했고 세수를 하라고 했다. 그게 기억이 나. 정말 보통의 날. 그런데 왜 아빠는 그다음 날 집을 나간 걸까? 예전엔 잠깐이지만 나와 우미가 뭔갈 잘못한 걸까? 아니면 엄마가 말을 해 주지 않았지만 엄마와 사이가 나빴던 걸까? 그런 생각을 했어. 뭔가 틀어졌다면 문제가 생겼다면 뭐가 시작이었을까? 나는 생각해. 지금도 생각한다. 아빠는 그 전날 회사를 갔다가 저녁때 들어와서 나와 우미에게 손을 씻으라고 했고 그리고 아빠도 손발을 씻고 부엌으로 가고 이런 거."

"그래서 아빠가 미워?"

"아니 아빠가 나한테 준 것들이 있고, 그거 알아. 그냥 나는 늘 가만히 있다가도 무서운 거야. 아빠는 왜 나간 걸까? 전혀 알 수 없으니까. 나도 나가게 될까? 나중에, 같은 날들을 반복하다가 우미에게 오늘 넌 어디 갔다 왔니 하고 묻고는 아무렇지 않게 집을 나가게 될까, 그게 아빠가 그런 거면 누구나 그럴 수 있다, 그런 생각이 들어. 아무 이유가, 남들을 납득시킬 이유가 없을 수도 있다고. 어떻게 생각해?"

"정말."

"어?"

"정말 어떻게 생각하지는 않고. 그러니까 모르겠어."

배정. 넌 뭘 싫어하는데? 다음 날 바로 정에게 물었다. 정은 뭐?라고 되묻고는 음 하고 고민했다. 고민하고 또 고민했다. 그러다 보니 쉬는 시간이 끝났고 역시 이 모양이네 싶은 기분이 되었다. 수업이 시작되어도 정은 계속 고민을 하고 있었다. 정은 모두를 좋아해, 모두 정을 좋아해. 정을 생각하면 기분이 좋은데. 편안하고 가끔은 즐겁기까지 해. 그건 앞으로도 그럴 것이다. 하지만 정은 아무도 나를 좋아하지 않는 것 같다 이해하지 못하는 것 같다 그 생각을 떨치지 못했다. 그게 싫겠지. 정은 고민을 하고 나는 졸렸다. 시간이 지나도 정은 고민을 했고 나는 잠을 잔다.

20

숲에 가게 되었다. 사실 숲은 아니고 뒷산 같은 곳이었다. 숲이라기에는 나무가 빽빽했고 오르막도 있었다. 소나무를 지나고 또 지나고 나뭇가지에 긁히고 또 긁히고 나니 어느 순간부터 찌푸렸던 인상이 편해졌다. 평평한 곳이 나왔다. 왜 거기에 갔을까. 주말에 아파트 옆 철조망 한 곳이 뚫려 있는 것을 본 것이 시작이었다. 이전까지는 아무렇지 않게 지나쳤던 곳인데 왠지 그 순간은 호기심이 치밀었다. 나는 아무 생각 없이 가방을 먼저 철조망 너머로 던지고 튀어나와 있는 낮은 벽을 기어올라 철조망 사이로 머리를 넣었다. 머리를 넣자마자 나무와 흙냄새가 났다. 손으로 바닥을 짚으며 천천히 나아갔다. 몸이 다 빠져나오자 가방을 챙겼다. 가방을 다시 메고 걷기 시작했다. 소나무가 빽빽했다. 온통 소나무였다. 부주의하게 앞만 보며 걷다 가지에 여러 번 팔을 긁혔다. 아무도 없었다. 나밖에는. 내가 내는 소리만이 들렸다. 내가 죽은 나뭇가지를 밟는 소리가 맴돌고 있었다. 그 소리는 실제 내가 내는 소리보다 크고 오래 머물렀다. 소리에 하나하나 놀라다 보니 문득 무서웠고 그렇다면 원래 있던 곳으로 되돌아가야 하는데 웬일인지 점점 더 빨리 아파트에서 멀어지기만 했다. 자꾸만 쉬지 않고 걸었기 때문이었다. 빨리 걷다 이젠 뛰다시피하며 나무 사이를 통과했다. 여전히 내가 내는 소리가 크게들렸는데 그때 나는 획획 소리를 내며 나무 사이를 뛰고 있었다. 한참을 뛰듯이 빠른 걸음으로 걷다 누군가의 발자국 소리가 들려 숨을 죽였다. 획 하고 고개를 돌렸다. 우미가 의심가득한 표정으로 숨을 헐떡이고 있었다.

"뭐야 너?"

"언니는 왜요?"

"나는 그냥 뛰었는데?"

"나랑 같이 가요. 누가 자꾸 쫓아와서 도망쳤어요."

우미는 내게로 와 팔짱을 꼈다. 나는 누가 쫓아왔느냐고물었다. 우미는 모르는 사람이라고 했다. 우미는 빠른 걸음으로 나를 끌었다. 나는 우미가 가는 대로 갔다. 우리는 여전히 앞만 보며 빠르게 걸음을 옮겨 나갔다. 둘이 내는 발소리가 나뭇가지를 밟는 소리가 획획 바람을 가르는 소리가 귓가를 울렸다. 어느 순간 표정이 편해지고 기분이 차분해졌다. 평평한 곳이었다. 우미는 평평한 곳이 나오자 발을 더 빨리 움직여 뛰었다. 그러고는 평평한 곳의 가장자리로 가 거의 눕듯이 앉았다. 긴 머리가 흔들리다 멈추었다. 나는 등산을 한 것처럼 가쁜 숨을 내쉬었다. 평평한 곳은 들판도 벌판도 숲도 아니었고 풀이 나 있는 평평한 땅이었다. 하지만 목적지 같았다. 여기에 오려고 나는 철조망에 머리를 집어넣은 건가. 우리는 가장자리에 작은 점처럼 앉아 앞을 보았다. 굴착기가 왔다 갔다 하는 공사장이 보였다. 저 굴착기는 땅을 파고 그 땅 위에는 다시 아파트가 쇼핑센터가 세워질 것이고 소나무는 베어질 것이고 숲도 공터도 아닌 이곳은 좀 더 확실한 곳이 되겠지요. 나는 든 게 없어 납작한 가방을 베고 누웠다. 우미는 무릎을 끌어안고 있었다.

"누가 널 쫓아오는데?"

"언니 나 목말라요."

"너 니네 언니한테도 언니라고 하니?"

"그럼요. 나는 언니한테 모두 언니라고 하고 오빠한테 모두 오빠라고 하고 어린 사람들한테 모두 동생들이라고 하고 그래요. 그러는 게 좋아요."

"뭐야 이상해."

누워만 있으니 편안했다. 나도 우나가 말한 들판이 이런 게
아니라는 것을 잘 알고 있다. 커다랗지도 멀지도 끝없지도 않
다. 별 볼일 없고 답답하다. 게다가 조금 무섭다. 나는 절반쯤
은 긴장된 마음으로 절반쯤은 그럼에도 편안한 마음으로 누
워 있었다. 그렇다면 나는 이제 뭘 좋아한다고 말해야 해? 무
섭고 편한 것이 좋다고 해야 할까. 눈에 보이는 것이 좋다고
혹은 도무지 좋다는 말이 쉽게 나오지 않는 것들이 좋다고
해야 해? 그런데 웃음이 나는 것들이, 웃음이 나니까 좋다고
해야 해? 나도 회색 건물 건물 건물들은 답답해서 견딜 수 없
을 때가 있다. 그러니까 높은 곳에 올라갔는데 시멘트가 나
를 숨 막히게 할 때 왠지 내 몸에 시멘트를 박고 있는 것 같
을 때 숨을 쉴 수가 없네 그럴 때 그래 여기는 그것밖에 없
다. 그럼 여기를 온 마음을 다해 미워하고 있어? 나라는 사람
은 정말 그래? 이곳을 지금을 눈앞의 모든 것을? 아니면 애
를 써서 미워하고 있어야 해? 순간 미움이 차올라 표정이 구
겨졌다. 숨을 크게 쉬고 팔을 하늘을 향해 뻗었다. 그럼 나는
이제부터 우나처럼 벌판이 좋다고 해야 할까. 아니 아니다 무
엇보다 사실 회색 건물 건물들 그렇게 미워하고 있지 않잖아
가끔 좋아하지. 더럽고 더러워서 좋다고 생각하지. 그게 벌판

이라는 게 도무지 어떤 건지 어떤 마음으로 좋아하게 되어서 앞으로 어떻게 좋아해야 할 건지 감도 전혀 오지 않는다. 그러면 말이야 뭐를 좋아한다고 해야 해 도대체? 그때 우미는 눈을 감고 있는 나를 흔들었다. 천천히 찌푸린 눈을 뜨자 우미는 나를 보고 웃고 있었다. 우미의 얼굴은 서서히 커졌고 우미는 내 목에 얼굴을 묻었다. 우리는 끌어안은 채로 가만히 있었다. 우미는 가쁘게 숨을 쉬었고 나는 자꾸만 나에게 대답하지 못할 질문들을 던졌다. 팔이 가는 우미, 어깨가 넓은 우미, 숨을 가쁘게 쉬는 우미와 나는 아무것도 하지 않았다. 바람은 불었는데 그냥 그랬고 새소리는 처음부터 끝까지 하나도 안 들렸다. 원래 없었던 것이다. 좋은 건 하나도 없었다. 그저 그런 곳이었다. 그런 곳에 갔다. 눈앞의 정경은 움직이는 굴착기. 굴착기의 속도로 묻는다. 굴착기가 땅을 헤치고 흙을 파내고 다시 땅을 헤치는 속도로 무엇을 좋아해야 해 무엇을 어떻게 어떻게 무엇을. 혹은 이것을 미워해야 해? 미워하는 이곳을 진심으로? 아무것도 하지 않으니 질문만 던지는 나와 나의 팔을 안고 있는 우미 그저 그런 곳에 함께 누워 있다.

21

당신은 최근 「돌핀」이라는 레코드를 낸 제니 준 스미스를 들어 본 적이 있나요. 혹은 먼 곳을 부르는 목소리로 노래하는 준이라는 여성을 들어 본 적이 있나요. 그렇다면 그녀는 당신에게 무엇인가요?

"이건 뭐 기사가 이게 끝이야? 무엇이냐고 물었으면 뭔지 말을 해 줘야지."

우나는 여느 때처럼 파일을 뒤적이고 있었고 나는 우나의 뒤에서 오래된 잡지 조각을 내려다보았다. 잡지 기사들은 질문을 던지는 것으로 시작했다가 준비된 얄팍한 답들을 알려주는 식으로 지면을 메꿨다. 이번처럼 별것 아닌 답마저 없을 때가 있었고 나와 우나는 아무렇게나 답을 내뱉는다. 제니 준 스미스를 들어 본 적이 있다! 잘 알지. 제니 준 스미스는 매일 듣는 사람 매일 생각하는 사람 오늘도 듣는다 오늘도 생각한다. 아무렇게나 중얼중얼 내뱉었다.

젊은 여성 포크 뮤지션인 준이 음반을 내게 된 계기는 독특하다. 그 이야기를 전해지는 말로 들어 보도록 하자.

그녀는 캘리포니아에 살았지만 사람들이 캘리포니아 하면 떠올리는 몇몇 포크 뮤지션들과는 교류가 없었다. 의외로 그녀는 치과에서 일을 했는데 바로 그녀의 일터에서 중요한 인물을 만나게 된다. 그녀는 여느 때처럼 일을 하며 자신이 만든 노래를 흥얼거렸고 충치를 뽑으러 온 음반 제작자가 그녀의 노래를 듣게 된다. 그는 준이 부르는 노래에 매혹되었고 그녀에게 레코드 취입을 제안한다. 그렇게 만들어진 앨범이 바로 준의 「돌핀」이다.

나는 답을 내뱉는 것을 멈추고 침대로 가 눕는다. 고개를 들어 우나에게 내가 새로 알게 된 사실을 알려 줬다. 보통 사람들은 다섯 살 때의 일부터 기억한다는 것이 그것이었다. 서너 살 때 일을 기억하는 애들도 있는데 아주 드문 경우랬다. 나는 그걸 다름 아닌 엄마에게 들었다. 엄마는 너는 아무것도 기억 안 나지, 하는 표정으로 물었고 나는 그러게라고 대답하고는 곰곰이 떠올렸다. 파일을 정리하고 있는 우나에게 너는 기억해?라고 묻자 바로, 당연하지라는 대답이 나왔다. 우나는 책상 위에 놓은 파일 위에 빈 종이를 놓고 준의 기사에서 한 문장을 따라 적었다. 당신은 최근 「돌핀」이라는 레코드를 낸 제니 준 스미스를 들어 본 적이 있나요? 우나는 띄어쓰기와 관계없이 글자 하나 하나에 간격을 주었다. 그리고 그 밑으로 단어를 만들었다.

당 신 은 최 근 돌 핀 이 라 는 레 코 드 를 낸 제 니 준 스 미
근 발 행 고 심 멩　　빨 디　　몬 끼 뷔　　시 니　　　　위 용
　　이　　　　오　　　　리 시　　　　　　　　스 실

스 를 들 어 본 적 이 있 나 요
웨　　짐 부　　군 사　　무 일
덴　　승

"이런 식이야."

"이게 뭐야?"

"아빠가 한글을 가르쳤거든."

"그걸 기억해?"

"옆에 그림도 그려 줬어. 특히 레몬을 자세하게 그렸어. 아빠가 레몬을 좋아해 가지고 물이랑 커피에도 넣고 가끔씩 몰래 잘라서 먹고 그랬거든."

"제니는 제니 준 스미스의 제니냐?"

"그렇지 않을까."

나는 우나가 만든 글자판을 들고 읽어 내렸다.

당근 신발 은행 최고 근심 돌멩이 핀 이빨 라디오 레몬 코끼리 드뷔시 낸시 제니 준 스위스 미용실 스웨덴 들짐승 어부 적군 이사 나무 요일. 당근은 신발을 사려고 은행에 돈을 꾸

었어요. 최고 좋은 은행은 안 빌려 준대요. 당근은 신발을 사고 싶어 근심이 생깁니다. 근심이 너무 쌓여 돌멩이를 던졌어요. 은행 유리창은 와장창 깨지고 당근은 주머니에 숨겨 온 핀으로 사람들을 찔렀어요. 이빨로 막 깨물었어요. 당근은 몰래 은행을 빠져나갔습니다. 당근의 이야기는 라디오에도 나왔지만 아무도 그게 누구인지 몰랐습니다. 레몬과 코끼리와 드뷔시만 알았던 거지요. 낸시, 제니, 준은 몰랐어요. 당근은 스위스에 있는 미용실에 가 머리를 바꾸고 스웨덴에 가서 옷을 사서 다른 사람이 되었어요. 당근과 친한 들짐승과 어부도 당근을 못 알아보았어요. 은행은 사람들에게 얼른 샅샅이 범인을 찾으라고 했어요. 당근이 사는 도시에는 적군들이 깔려 있습니다. 누군지도 모를 당근을 찾기 위해. 당근은 이 모든 게 너무 피곤하여 이사를 갑니다. 나무가 많은 곳으로. 요일은 아무도 모르는 바로 그 요일에.

"네가 지금까지 했던 이야기 중에 제일 낫다."

"제일 나아, 제일?"

"어. 제일."

"네가 레몬이야. 나는 드뷔시고."

"그게 뭐야?"

"나도 칭찬이다."

나와 우나는 침대로 돌아와 누웠다. 나는 우나의 귀를 잡아당겨 레몬레몬레몬 하고 말했다. 다른 쪽 팔과 다리로 못 움직이게 우나의 몸을 눌렀다. 발 아래에서 우나는 웃음을 참으며 빠져나가려 버둥거렸다. 나는 배가 아프도록 웃으며 귓속말로 계속 레몬레몬레몬 했다. 너무 웃어서 배가 아팠다. 잠시 후 우나를 놔주고 나자 우나는 내 몸 위로 올라와 어깨를 두 손으로 짚었다.

"말해 봐."

"뭘?"

에-오 하고 우나의 입이 움직였다.

"레몬!"

"레모온."

"레-몬."

우리는 마주 보고 레몬을 주고받았다. 레몬 레몬 레몬 레몬 했다. 그러다 우나는 다시 제자리로 돌아와 누웠고 우리는 잠자코 누워 아무것도 생각하지 않았다. 그렇게 누워 있다 보면 시간은 잘 갔다. 가는지 모르게 가 버려서 원래 없었던 것이 아닌가 우리는 그냥 어두움에 던져진 거 아닌가 하고 생각하게 되었다. 그 생각에 접어들면 어둠은 막막하지 않고 단지 흡착력 강한 어떤 익숙한 성질로 다가왔다. 나는 손을 뻗어 어둠이라는 세계를 더듬고 더듬는 순간에도 손끝이 그곳으로 빨려 들어가는 것을 보는데 고개를 돌리면 사방은 익숙하고 편안한 어둠. 그곳에서는 시간이 잘 가기 때문에 나중에는 사라져 버렸기 때문에 어떤 것이 시간인지 알 수 없어져 버렸다. 나는 방 안의 공기와 손에 맺힌 땀이 생각난다. 우나와 함께 있을 때 누워 있을 때 우나가 노래를 흥얼거릴 때 레몬레몬레몬 할 때 나는 어떤 것이 시간인지 누가 나인지 그리고 결국 모두 어디에 있는지 알 수가 없었고 점점 더 알 수 없게 되었다. 이러다 어디로 가게 되는 거야? 물어도 시간은 이미 사라지고 없었고 어두운 곳에서 들리는 속눈썹이 움직이는 소리만이 기억난다. 그 방은 레몬과 없는 시간이었다.

22

우나의 집에서 나와 집으로 돌아가는 길에 기억이 났다. 이미 캄캄한 길을 천천히 걸을 때였다. 나의 첫 기억은 추운 겨울날 엄마와 서서 아빠를 기다리던 것이었다. 12시가 넘은 시간이었다. 나는 모자를 쓰고 목도리를 두르고 장갑도 낀 채였다. 엄마는 내 외투의 단추를 다 채워 주었다. 그때 나는 검은색 바탕에 흰색과 노란색 꽃이 박힌 점퍼를 입고 있었다. 점퍼는 뒤집어 입을 수 있었는데 안쪽은 빨간색이었다. 모자와 장갑도 빨간색이었고 목도리는 흰색이었다. 엄마와 나는 가게

앞에 미리 나와 있었고 아빠는 가게를 정리하고 문단속을 하
느라 늦었다. 엄마는 보통 나를 고모나 옆집에 잠시 맡겨 두
었는데 그날은 왜인지 나를 데리고 가게에 갔다. 그래서 그
날은 자정이 넘은 시간에 깨어 있었다. 졸리지는 않고 신기
한 기분이었다. 엄마는 어깨 길이의 긴 단발이었고 굵은 롤로
만 파마머리였다. 엄마를 올려다보면 엄마의 머리카락이 찬
바람에 흔들리는 것이 보였다. 우리가 그렇게 서 있을 때 우
리 옆에는 젊은 남녀가 서 있었다. 이미 버스가 끊긴 시간이
었다. 저 사람들은 버스를 기다리는 게 아니고 그냥 서 있는
것이다. 아빠가 하는 가게는 완전히 시내 중심가는 아니었지
만 걸어서 20분 안에 백화점과 3층짜리 제과점이 있는 중심
가로 갈 수 있었다. 이 사람들은 어디에서 나온 걸까. 언제까
지 서 있을까? 남자는 긴 파마머리에 검은 진을 입고 있었다.
진은 여기저기가 찢어져 있었고 은색 체인도 달려 있었다. 두
꺼운 가죽 재킷을 입고 손가락 절반만 가려 주는 가죽 장갑
을 끼고 있었다. 여자는 망사 스타킹에 너덜거리는 검정 쇼츠
를 입고 있었다. 여자는 남자처럼 가죽 재킷을 입은 채로 손
은 주머니 안에 넣고 있었다. 긴 생머리를 하고 있었는데 머
리가 너무 길었다. 거의 팔꿈치까지 닿는 머리였다. 추운 겨
울날이었는데 여자는 구멍이 난 망사 스타킹을 신은 채로 고
개를 숙이고 있었다. 나는 작아서 여자의 무릎을 조금 넘기

는 키였고 고개를 들면 내 머리 위에서 까만 생머리가 흔들렸다. 여자의 머리는 그네처럼 멀리 갔다가 다시 제자리로 돌아왔다. 남자와 여자는 내쫓긴 사람의 표정으로 서 있었다. 서 있기만 했다. 하얀 김이 생각나는데 남자와 여자가 담배를 피웠나, 그냥 추운 날이었던 건가, 흔들리는 긴 생머리와 하얀 김이 있었다. 엄마는 내가 그 사람들을 쳐다보고 있자 나를 엄마 앞으로 잡아끌었다. 80년대 후반이었고 소도시에서는 보기 힘든 차림이었다. 그때의 짧은 순간이 기억났다. 아빠가 언제 우리에게 왔는지 어떻게 내가 엄마 아빠와 집에 갔는지 왜 엄마는 자정이 넘은 시간에 나를 데리고 나간 건지 다른 것은 기억나는 것이 없다. 추운 겨울밤 그네처럼 흔들리던 긴 머리가 생각났다. 그게 내가 기억하는 처음이다. 나는 그후로 10년이 넘도록 엄마 아빠와 함께 살고 있으니 그날 내가 갑자기 엄마 손을 뿌리치고 뛰쳐나가지는 않았을 것이고 아빠도 곧 우리에게 왔을 것이고 우리 셋은 밤길을 헤치며 낡은 양옥으로 돌아왔을 것이다. 그러나 기억나는 것은 없다. 다른 많은 날들처럼. 내쫓긴 사람들의 표정, 불안한 마음을 얼굴에 그대로 드러내던 남자와 여자는 이미 나이 먹었을 것이다. 서로 모르는 사이가 되었을 것이다. 그 길은 사라졌을 것이고 그 사람들도 거기 없을 것이다. 내가 거기 없는 것처럼. 하지만 집으로 돌아오는 길에 떠오른 처음의 기억은 그 사람들이 거기 있다는 것을 깨닫게 했다. 우리 모두 그 거리에 서서 사라지지 않는 시간을 살고 있었다. 나는 자정에 처음 깨어 있는 다섯 살이고 서른 살의 엄마는 굵은 파마머리를 한 채로 불량해 보이는 남녀로부터 얼른 멀어지고 싶어 한다. 차가운 바람이 부는 그곳에서 우리는 그날을 반복하고 있다. 매일 새삼스럽게 추워하며 추운 겨울을 살고 있다. 불안한 표정의 여자와 남자는 억울한 일과 슬픈 일들이 많고 나는 궁금한 게 많고 그 옆에는 걱정이 많은 엄마.

집에 돌아와 엄마 하고 불렀다. 엄마 아빠의 귀가는 늦어졌다. 아무도 없었다. 어두운 집에서 불도 켜지 않고 서 있었다. 엄마. 냉장고 소리와 거실에 걸린 벽시계의 초침이 움직이는 소리. 나는 이 기분이 익숙했는데 아마도 오늘 기억해 낸 그때부터 이미 익숙했을 것이다. 방 안으로 들어가 가방을 내려놓고 바닥에 누웠다. 방바닥은 차갑고 눈을 감아도 떠도 어둡다. 캄캄했다. 레몬레몬레몬 하고 부르던 것은 아주 먼 곳의 일 같았다. 같은 날의 일이야. 나에게 말했지만 여전히 너무 멀었다. 나는 그대로 누워 잠이 들었다. 멀다 멀다, 생각하면서 잠이 들었다, 누군가 흔들어 깨워 따뜻한 곳에 눕히기까지 그대로.

23

대구에 이사 오기 전 내가 살던 곳은 전북의 중소 도시였다. 아빠는 큰아빠가 하시는 인쇄소를 같이 하기 위해 대구로왔다. 나도 엄마도 함께 왔다. 인쇄소는 그럭저럭 굴러갔다. 엄마는 이사 오기 전에는 애들을 모아서 영어 과외를 했었는데이사 온 후로는 초등학생들을 모아 공부를 봐주는 일을 했다. 나는 혼자 방에서 할 일을 했다. 시키는 것들을 했다. 숙제를 했다. 문제집을 풀었다. 그리고 가만히 앉아서 다른 방에서 애들이 무슨 소리를 하는지 들었다. 아직 익숙해지지 않은 말투의 아이들이 엄마에게 이것저것을 물어보았고 엄마가말을 하기 시작하면 재밌어했다. 나도 그 대화가 재밌었다. 그렇게 혼자 방에서 시간을 보냈다. 아이들은 나한테 언니 누나했다.

이사 온 지 얼마 되지 않았을 때의 일들 중 기억나는 것은대통령 선거이다. 사람들은 엄마 아빠에게 누구를 찍을 거냐고 물었다. 당연히 김대중을 찍을 거지요 하고 물었다. 엄마아빠는 늘 웃으며 글쎄요 했다. 학교에 가면 선생님은 70이 넘었어 김대중은 너무 늙었어라고 했다. 김대중이 누굴까 누구지 모르겠네 그 사람이 누군지 그때 나는 잘 몰랐고 지금도 잘 모르고 앞으로도 모를 것이며 그것은 영영이라고 해도 좋다. 정말 대중적인 이름이다 김대중 그렇게 김대중이라는 이름을 들으면 모르겠네 몰라 버리겠다 앞으로도 영영 하는 마음이 들었다. 그해 대통령은 누가 되었더라. 누구든 되었을 것이다. 아직 대통령이 있으니 누구든 되었겠지. 왜인지 나는 다 알고 있는 것을 짐짓 모르는 체하는 기분이 든다. 일부러 김대중이라니 알 리가 없다 이런 포즈를 하고 있는 것만 같다. 왜 그러느냐고 물으면 왠지 그래야 할 것 같아서라고 떨떠름하게 대답할 것이다. 어쨌거나 나는 다른 것보다 사람들이 자꾸만 물었던 것이 선명하다. 엄마 아빠는 늘 꼭 그렇지만은 않다고 했다. 대통령이야 잘 모르는 거지요. 생각해 보고 있어요. 나는 그걸 닮은 건가, 제대로 대답할 수 있는 것들이 없다. 김대중을 몰라요. 이거야 저거야 말을 해. 그렇게 물어도 몰라요 모른다고요. 그런 상황이 지나면 그나마 긴 대답을 할 수 있는 질문이 더 좋다고 생각한다. 간신히 생각해 낸다. 뭘 좋아해 무엇이 싫은가 어떤 날씨가 좋은 거지 내일 뭐할까 무슨 생각 해. 이런 거.

나중에 우나에게 그때 대통령 선거가 기억나느냐고 물었다. 우나는 기억한다고 했다. 같은 동네에 80년대에 김대중 구명 운동을 했던 아저씨가 살았다고 했다. 아저씨는 날마다 우나에게 저 사람이 누군지 아니? 하고 물었다.

"뭐라고 대답했는데?"

"안다고 했지."

"그럼 뭐라 그래?"

"더 잘 알라고 했지."

그때 우나는 일본에서 매일 질문을 받았다. 저 사람이 누군지 아니. 알아요. 잘했다. 더 잘 알도록 해라. 엄마 아빠가 받던 질문은, 김대중 찍을 겁니까. 아직 잘. 꼭 그렇지만은 않지요. 생각 중이에요. 나중에 엄마한테 엄마 엄마는 누구 찍었어라고 물었는데 엄마는 민주주의는 비밀투표라고 했다. 그러게 민주주의는 비밀투표. 김대중도 모르고 민주주의라 그건 또 무얼까 비밀은 없다고 생각하지만 민주주의는 비밀투표였다. 어 그래 엄마를 캐어묻지 않고 질문하기를 관두었다.

24

송주영은 우나에게 준을 남기고 갔다. 남기려고 애를 쓴 것은 아니다. 오래 함께 살면 무얼 남기려고 하지 않아도 많은 것들이 붙어 섞여 묻어 있게 될 것이다. 송주영은 우나가 어릴 때 집을 나갔고 어릴 때 죽었다. 남아 있는 것은 타지 않은 것으로 남긴 것이 되었다. 우나가 아는 준은 모두 송주영이 주고 간 것이다. 우나는 그걸 마음에 품은 채로 할 수 있는 것들을 한다.

우나는 지난번 헌책방에서 산 잡지를 책상 위에 놓고 읽고 또 읽었다. 포틀랜드에 관한 모든 것이 정리된 노트는 이미 가득 채워져 몇 장 남지 않았다. 포틀랜드에 관해서라면 더 알 것이 없어 보였다. 우나는 그 노트에 잡지에서 읽은 중요한 내용을 옮겨 적었다. 뭐 하느냐고 묻자 이것 봐, 하고 보여 주었다.

"뭔데?"

"어 여기 이 포에트리 클럽이라는 곳에서 공연을 많이 했대."

"누가?"

"그때 사람들이. 그러니까 음, 70년대 이런 음악 했던 사람들 이야기가 잡지에 나와 있는데…… 이 사진 속에 여기 있지. 여기서 많이 모였다는 거."

나는 사진 속의 짙은 초록색 간판을 보았다. 한참 보다 말했다.

"아, 좋겠네. 직접 보면 좋았겠다 정말."

우나는 도서관 프린트로 뽑았다는 지도를 가지고 왔다.

"네가 뽑았어?"

"직원이 도와주었어."

"여기가 어딘데?"

"뉴요오크."

우나는 A4 용지 스무 장을 이어 붙인 지도를 방바닥에 펼쳤다. 그리고 한 점을 가리켰다. 여기가 아까 잡지에 나온 포에트리 클럽. 우나는 손으로 뉴욕 지도를 그릴 것이라고 했다. 왜지. 왜지 하는 마음이 들어 우나를 보았으나 우나는 자신이 이어 붙인 지도만을 뚫어져라 보고 있었다.

"이걸 그리고 나면 다음에 뭐를 해야 할지 알게 되지 않을까?"

우나는 손가락으로 뉴욕의 테두리를 따라가고 있었다. 지도는 커서 절반쯤은 접어야 했다. 지도의 절반은 방바닥에 깔려 있고 나머지 절반은 방바닥에 누운 내가 들었다. 우나의 손가락은 내 얼굴을 지나고 허공을 지났다.

"뉴욕도 좋은 곳 아닐까? 한 번쯤 갔을 수도 있잖아."

우나는 지도 위의 선들을 손가락으로 따라갔다. 지도 위의 선들과 글자들 점과 면 들. 우나는 손가락으로 뉴욕의 선들을 다 지나자 지도를 벽에 한번 대 보고는 다시 원래대로 말아 두었다.

"언제부터 그릴 건데?"

"곧. 비 올 때 그리고 싶다."

우나는 침대에 누우며 말했다. 나는 좀 전까지만 해도 지도가 있던 바닥에 누워 배고프다는 생각을 했다. 그때 우나의 배에서 꼬르륵 소리가 났고 나는 신기하다는 생각을 했다. 우나는 밥이 없다고 했다. 라면을 먹을까. 우나는 주방으로 갔고 나도 따라갔다. 냉장고에는 김치와 계란, 반찬 통 몇 개가 보였다. 우나는 물을 올렸고 우리는 나란히 앉아 텔레비전을 보며 물이 끓기를 기다렸다. 텔레비전 옆에 먹다 남은 크래커가 보여 나눠 먹었다.

"이거 우미가 미용실에서 가져온 거야."

"엄마 일하시는 데?"

"어. 거기 가면 커피랑 과자 가져오거든."

"우미는 참 잘 다니네."

우리는 동시에 그치 하고 고개를 끄덕였다. 곧 물이 끓는 소리가 들렸고 나는 우나보다 먼저 일어나 라면을 부수고 면과 스프를 끓는 물에 집어넣었다. 우리는 가요 프로그램을 보며 라면을 먹었다. 말없이 먹기만 했다. 금세 다 먹은 우리는 다시 크래커를 먹으며 텔레비전을 봤다.

"이거 꼭 너네 집 처음 왔을 때 같다."

"그땐 뭐가 많았는데?"

"맛있었어. 엄마가 요리 잘하시나 봐?"

"엄마는 하면 해."

우나는 그리고 덧붙였다, 근데 거의 안 해. 그때 처음 들었던 말은 넌 참 못한다 못해였지? 못한다 못해. 그 말은 강하게 남아서 가끔 혼잣말로 중얼거리게 했다. 넌 참 못한다 못해. 우나가 없을 때. 혼자 길을 걷다가 갑자기, 넌 참 못한다 못해. 그 후로 한두 번 더 뵀나. 하지만 우나의 엄마는 늘 늦게 들어왔고 우미는 어딘가에서 누군가를, 늘 많은 사람들을 만나고 있었고 이 집에는 우나뿐이었다. 우나와 준. 그리고 목소리가 있는 다른 아름다운 사람들이 우나와 함께 있다. 우나는 늘 준을 생각하고 기다린다. 본 적 없는 사람을 기다린다. 매일 보는 사람을 기다린다. 준은 그 둘 다였다. 매일 그리는 사람, 아주 멀리 있는 사람. 우미와 엄마도 어쩌면 둘 다.

나와 우나는 크래커까지 다 먹고 멍한 눈으로 텔레비전을 봤다. 채널을 돌려 연속극을 보았다. 우나는 다시 물을 올렸다. 묻지도 않고 익숙하게 두 잔의 커피를 탔다. 우나는 머그 두 잔과 액상 프리마와 설탕을 쟁반에 받쳐서 돌아왔다. 익숙하게 프리마를 넣고 설탕을 넣었다. 연속극 속 사람들은 모두 한 식탁에 앉아 저녁을 먹고 있었다. 나는 속으로 맛있겠다 하고 생각했고 우나는 맛있겠다 하고 내뱉었다. 나는 우나의 어깨를 잡고 흔들었다. 우나는 웃었다.

"너 맛있겠다 하고 생각했지?"

나는 고개를 끄덕였고 우리는 웃었다. 쉬지 않고 웃었다.

웃다 보니 내 앞에 누가 있는 건지 우나인 거 같은데 우나는 누구고 내가 누군지 잠시 헷갈렸다. 내가 나라면 너는 너일 텐데 내가 내가 아니고 웃는 사람이 되어 너도 웃는 사람이 되었다. 둘 다 섞여 버렸다. 웃는 사람만이 방 안에 남았다. 우리는 쉬지 않고 웃었고 멀리서 누군가가 우리를 향해 넌 참 못한다 못해 하고 말했다. 그 사람도 웃었다. 우리가 우스웠던 것이다. 넌 참 못한다 못해 아무리 생각해도 이 말은 우나만을 위한 말인 것 같다. 우나와 우리 우스운 사람들을 위한 말이었다.

25

봄이라는 것은 이 계절이 곧 사라진다는 것을 마음 깊이 안타까워하고만 있는 때란 거지? 나는 늘 그랬는데.

그럴 때였다. 정이 검은색 정장을 입고 학원에 왔다. 왜 그런 옷이지? 추도식에 다녀왔다고 했다. 무슨 추도식인데? 정은 나중에 말해 줄게 하고 말았다. 사람들은 정을 보고 장난을 치려다 정의 표정을 보고 관두었다. 정은 무슨 추도식인지 말해 주기도 전에 수업 하나가 끝나자 나가 버렸다. 무엇을 추도하는 것일까, 추도식은 장례식이 아니지만 장례식처럼 검은 정장을 입었다. 내가 본 장례는 노미의 것뿐이었다. 그건 장례인가, 노미는 죽고 나는 노미를 묻었지만 절 두 번 하고 일어서고 이런 것은 하나도 알지 못했다. 본 적이 없고 알지 못하는 것이었다. 나는 멍한 눈으로 칠판을 바라보며 누군가 죽은 것일까 하고 생각했다. 그건 차갑고 굳은 몸이 생겼다는 것이다. 나는 그것만 알았다. 그리고 그것은 나만 아는 것이었다. 아무도 몰랐다. 노미의 차갑고 굳은 몸은 내가 보았고 내가 묻었다. 노미는 사람도 아니고 가족 모두가 좋아했던 것도 아니고 오래 살았던 것도 아니다. 나는 혼잣말로만 노미 이야기를 할 수 있었다. 아무도 노미를 모르고 누구도 예뻐하지 않았으니까. 벽에 대고 노미야 노미야 했다. 그렇게밖에는 노미를 불러낼 기회가 없었다. 동시에 내가 묻었고 나만이 묻었으므로 노미를 부르는 것도 나만이 할 수 있었다. 나만 아는 차갑고 굳은 몸은 묻혔고 불러낼 수 없어 서서히 잊혔다. 그런데 추도식에 가면 사람들이 있겠지, 조용히 고개를 숙이고 그 사람을 생각하겠지? 그런 사람들이 모이면 그 사람은 잠시 불려 나올 것이다. 여러 명이 묻은 사람은 그렇게 불려 나올 수 있을 것이다. 배정은 그런 데에 갔다 왔나. 정아, 너는 그 사람을 불렀어? 불러서 뭐라고 했어? 그리고 다시 데려다 줬어? 잘 가라고 했어? 그 사람은 어디로 갔어? 노미의 추도식은 있으려야 있을 수가 없지만 있다 해도 나는 이제 어떻게 부르는지 모른다. 내가 묻은 이를 어떻게 다시 부르는지 모른다. 내가 묻었다 해도. 나만이 부를 수 있었다 해도. 이제는 모른다. 이제 많이 잊어버렸다. 원래 잘 알지도 못하던 것을 이제는 거의 잊어버렸다.

학원이 끝나고 졸린 얼굴로 학원 문을 열고 나왔다. 배정이 양손으로 내 어깨를 짚었다. 정은 아무 말도 안 했고 나도 올려다보기만 했다. 정은 웃고 있었는데 손은 긴장하고 있었다. 우리는 아무 말 없이 잠시 서 있었다. 정의 손에 힘이 들어가 있어 어깨가 아팠다.

"아파."

정은 아무 말 없이 더 힘을 주었다. 더 힘을 주어 어깨를 꽉 쥐었다가 손가락을 하나씩 떼었다. 우리는 말없이 걸었다. 동물 병원과 애견 센터를 지났다. 사람들이 없는 길만 골라 다녔다.

"어디 갔다 온 건데?"

"추도식."

"누가 죽은 건데?"

"친척. 아는 사람. 아는 형. 얼굴만 아는 사람. 여러 명."

배정이 아는 사람들은 몇 년 전 일어난 폭발 사고로 죽었다고 했다. 나는 뉴스로 봤던 사건을 기억했다. 정의 엄마 아빠는 추도식이 끝나고 친척 어른들과 술을 마시러 갔다고 했다. 매번 그런다고 했다. 술을 마시러 울고 싸우러 웃고 떠들러 갔다고 했다. 우리도 술을 마실까? 술을 마시며 다 말해 버릴까? 같이 마실래? 정은 물었다. 그리고 다시 아니야 아무것도 안 먹어야지 혼자 그렇게 말했다. 정은 나에게 어디든 같이 가자고 했다. 우미를 불러. 왜 너는 싫어? 나는 대답 없이 걸었다. 정은 다시 물었다. 왜? 너는 싫어?

"아니 안 싫어."

"괜찮아."

"나도 괜찮아. 안 싫어."

"우미는, 우미는 없어. 어디서 찾지?"

"나도 몰라."

정은 어디서 찾지라는 말을 제대로 끝맺지 못하고 울었다. 울면서 걸음을 빨리해서 앞으로 휙휙 나갔다. 정은 갑자기 길가의 우체통을 붙잡고 고개를 숙였다. 뒤에서 보니 까만 덩어리가 우체통에 붙어 있는 것 같았다. 나는 장례를 모르는 것처럼 거기 가면 뭘 어떻게 해야 하는지를 모르는 것처럼 또한 추도식에 다녀온 사람을 처음 보는 것처럼 모든 것을 몰랐다. 어떻게 말해야 하는 것인지 말을 하지 말아야 하는지 다몰랐다. 정은 소리 내어 울었다. 나는 모르는 사람처럼 서 있었다. 나무처럼 서 있다 보니 계속 걷고 싶은 생각이 들었다. 마음은 휙휙 나아가고 가로수는 걷게 된다. 이렇게 쉬지 않고 걸으면 계속 계속 걸으면 어떤 경우를 맞게 되는 것일까. 무엇을 알게 되나? 울고 싶어지나? 아무것도 모르는 채로 걷기만 하나 물었다. 걷다 보면, 걷고 걸으면 내가 묻은 이를 부를 수 있게 되나 나만이 알고 나 혼자 묻은 이를 불러 볼 수 있게 되나. 문득 차가 지나는 소리 정이 우는 소리 지나가는 사람들의 말소리 모두가 멀게 느껴졌다. 아무 생각도 하지 않은 채로 서 있었다. 정은 우는 걸 멈추고 다시 일어났다. 우리는 나란히 서서 자동차가 지나가는 것을 보았다. 정이 안 운 사람의 얼굴이 될 때까지 그랬다. 정은 땀이 난다고 재킷을 벗었다. 팔에 걸치고 나자 등에 붙은 흰 셔츠가 보였다. 우리는 여느 때처럼 버스 정류장까지 함께 걸었다. 같이 버스를 타고 집까지 왔다. 버스 안에 정장을 입은 회사원 남자들이 모두 추도식에 다녀온 사람들처럼 보였다. 창밖의 가로수는 걷는 것처럼 보였다.

언젠가 우미와 아파트 옆 뒷산에 누웠을 때 내 목에 얼굴을 묻고 있던 우미가 물었다.

"언니는 언제 키스를 할 거예요?"

"열아홉 살에."

"차라리 결혼하고 한다고 하세요."

"너는 언제 할 건데?"

"열두 살 이후로 계속 계속 하고 있어요."

"그거 일본어로 말해 봐."

우미는 뭐라고 말했다. 그러고는 몸을 일으켜 나를 바라보았다. 내 머리는 우미의 팔 안에 있었고 우미는 손가락으로 내 머리를 만졌다. 언니. 가만히 나를 부르고 한참을 가만히 있던 우미는 다시 나에게 안겼다. 손가락으로 내 목에 피아노를 쳤다. 우미의 손은 차가웠고 아무 소리도 나지 않고 차갑기만 했다.

그 뒷산에 우나와 함께 갔다. 그때 우나는 뉴욕을 한 번 그린 후였다. 그걸 「뉴욕-1」이라고 하면 우나는 「뉴욕-1」 작업을 끝내고 휴식을 취하러 뒷산에 갔다, 뭐 그런 식으로 말할 수 있을 것이다. 나는 우나가 뉴욕을 그리는 걸 봤는데 그건 좀 너무했다. 우나는 멀리서 보면 붙인 줄도 모르게 깔끔하게 이어 붙인 원본을 바닥에 대고 그 위에 전지를 깔고 뉴욕을 그렸다. 원본이 너무 커서 책상 위에 일부를 올려놓고 베끼고 바닥에 일부를 올려놓고 그렸다. 거실을 깨끗이 청소하고 나면 그제야 지도 전체를 깔고 그릴 수 있었다. 그 작업이 연필로 다 끝나자 우나는 문구점에서 파는 가장 얇은 펜으로 그 위에 다시 그렸다. 그 펜은 볼이 자주 나가서 몇 개나 새로 사야 했다. 펜으로 다시 그린 후 지우개로 연필로 그린 부분을 지우고 색연필로 구획이 나눠진 부분들을 색칠했다. 준은 저기 어딘가에 갔을 수도 있다. 아닐 수도 있고. 하루의 작업을 끝내면 우나는 침대에 엎드려 숨만 쉬었다. 나는 보는 것으로 어깨와 팔이 아파 요가를 했다. 앉은 채로 팔을 뒤로 젖혀 발뒤꿈치를 잡았다. 다음에는 몸을 뒤집어 일어났다. 우나는 엎드린 채로 킥킥거리며 웃었다. 「뉴욕-1」이 끝날 때까지 반복되었던 일이다. 그중 한번은 우미가 일찍 들어와 문에 팔을 기대고 우리를 보았다. 나는 뒤집어진 채로 우미를 보았고 우미의 발은 스타킹 신은 발 우미는 그 발을 돌려 스트레칭을 했다. 그러다 천천히 다가와 내 배를 붙잡았다. 배를 팔로 안고 머리를 기댔다. 나는 곧 무너져 누웠다. 우미는 그 위에 누웠다. 차가운 우미의 얼굴 우미의 손, 우미는 밤의 냄새를 묻히고 돌아왔다. 우나는 싱글싱글 웃으며 나와 우미를 보았다. 우리 모두는 피곤하고 배고프고 졸렸다.

나와 우나는 소나무 가지를 밟으며 걸었다. 해는 쨍쨍했고 소나무 냄새가 가득했다. 나는 우나를 안내했다. 앞서 갔다. 우나는 나무 하나하나를 손으로 잡으며 나를 따라왔다. 지난번 기억으로는 꽤 오래 나무 사이를 헤쳤는데 이번에는 금세 평평한 곳에 닿을 수 있었다. 나와 우나는 평평한 땅의 가운데에 누웠다. 왠지 등이 간지러운 느낌이었다. 가운데라 그랬다. 가운데에 앉으니 어쩐지 불안했다. 그 마음을 가지고 계속 누워 있었다. 우나는 노래를 부르기 시작했다. 여느 때처럼 흥얼거리는 것이 아니라 처음부터 제대로 부르고 있었다. 노래가 끝나고 나는 박수를 쳤다. 아무 소리도 들리지 않고 손바닥이 부딪치는 소리 세 번만 들렸다. 탁 트인 평평한 땅 맞은편으로 굴삭기가 왔다 갔다 하고 있었다. 그 왼쪽으로는 이미 세워진 건물 몇 채가 보였다. 그 건물들은 어느새 세워져 있었다. 조금씩 바뀌는 눈앞. 우나와 나는 공사장을 구경했다. 굴삭기를 구경했다.

"나는 이제."

"응?"

우나는 이제까지 말하고 멈추었다.

"이제 뭐?"

"이제 뉴욕을 아주 조금 아는 것도 같다."

"지도를 그렸으니까?"

"지도를 그리고 그리면서 많이 생각했으니까."

우나는 하늘에 대고 손을 들었다. 손가락에 펜이 묻어 있는 게 보였다. 우나는 손등에 대고 혼잣말을 하듯 말했다.

"있지 그런데, 처음부터 뉴욕을 생각하면 좋았겠지? 포틀랜드는⋯⋯ 포틀랜드를 아는 것도 그것대로 좋았겠지만 뉴욕에 가면 누구든 준을 알 것 같아."

우나는 똑바로 누워 있던 몸을 뒤집어 땅에 고개를 묻었다. 머리카락에 죽은 풀이 묻어 있다. 그리고 뭐라고 중얼거렸는데 들리지 않았다. 중얼거림이 땅속에 묻혔을 것이다.

"그런데 가장 먼 곳에 가면 결국 가장 가까운 곳이 되기도 하잖아. 한 바퀴 돌면."

"그러기에는 포틀랜드가 가장 멀지는 않은데."

우나는 손가락으로 땅을 그었다. 손가락에는 펜이 묻어 있고 굳은살이 박혀 있다. 뉴욕은 아주 쉬운 길 같지만 글쎄 정말 준은 어디에 있는 걸까. 왜 아직 아무것도 알 수 없을까. 우나가 이미 너무 많은 준을 만들어서? 그래서인가. 맞은편 굴삭기는 땅을 파고 있고 우나는 손가락으로 땅을 그었다. 굴삭기는 포클레인이라고도 하고 어느 이름으로 불릴 때에도 힘이 세고 우나의 손가락은 우나의 손가락으로만 불리고 어느 때나 힘이 없다. 길게 그은 선이 보이지 않았다. 자꾸만 물어도 모르는 것밖에 없다. 왜 그럴까, 우리는 아는 게 하나도 없다. 아는 게 없는 우리는 자꾸만 질문만 던지며 한참을 그렇게 벌레처럼 햇볕을 쬐다 왔다.

26

추도식이 있던 날 정은 나를 바래다주고 돌아가던 길에 우미를 만났다. 아니 그건 아니고 우미의 집 앞에서 네 시간 동안 서서 기다렸다. 우미는 늦은 시간 지친 표정으로 돌아왔고 정은 우미의 손을 잡고 놓아주지 않았다. 오빠 너무 피곤해. 나는 이대로 쓰러질 것 같아. 우미는 손목이 잡힌 채로 말했다. 정은 그래라고 말하고 손목을 놓아주었다. 정은 우미가 계단을 오르는 것을 보았다. 뒷모습이 차차 사라지는 것을 보았다. 우미가 문을 닫고 들어가는 것을 보았다. 그러고도 정은 한참 동안 그곳에 서 있었다. 정은 그렇게 말했다.

추도식이 있던 날 정은 우미의 집 앞에서 네 시간 동안 서서 기다렸다. 우미는 늦은 시간 지친 표정으로 돌아왔고 정은 우미의 손을 잡고 놓아주지 않았다. 오빠 너무 피곤해. 나는 이대로 쓰러질 것 같아. 우미는 손목이 잡힌 채로 말했다. 정은 잠시만 할 말이 있어, 잠깐만 들어 줘 잠깐만 잠깐이면 돼라고 말하며 손목을 놓아주지 않았다. 정은 우미의 손목을 잡은 채로, 우미는 피곤한 걸음을 질질 끌며 둘은 모텔로 갔다. 둘은 이전에도 가 본 적 있던 풍차가 달린 모텔로 갔다. 우미는 샤워를 하고 가운을 입고 나왔다. 졸음이 쏟아질 것 같았다. 우미는 침대에 쓰러지듯 누웠다. 정은 우미를 껴안고 한참을 울었다. 한참을 울고 난 정은 우미의 가운 안에 손을 넣고 키스를 하기 시작했다. 우미는 정과 키스하는 중에 눈을 감았다 천천히 떴다를 반복했다. 정은 입술을 떼고 우미를 한참 쳐다보았다. 우미는 졸고 있었다. 정은 잠이 든 우미를 안은 채로 누웠고 둘은 곧 잠이 들었다. 둘은 아침 일찍 눈을 떠 다시 키스를 하고 가운 안에 손을 넣었다.

"꼭 몇 시간 전의 반복 같았어요. 정은 그대로 꼭 그 자세로 내 가운 안에 손을 넣었어요."

정은 하루 종일 자신의 몸에 들러붙어 있던 흰 셔츠와 정장 바지를 벗어 던지고 우미의 몸을 쓸고 빨았다. 둘은 섹스를 하고 샤워를 하고 다시 잠이 들었고 일어나니 반나절이 지나 있었다. 둘은 다시 서로를 쳐다보며 오늘이 며칠일까 나에게 할말이 있다고 하지 않았어? 대체 얼마나 잠을 잔 걸까를 이야기했다. 그러고 터덜터덜 모텔을 나왔다. 우미는 그렇게 말했다.

우미는 그렇게 말하고 웃었다. 우리는 아무런 중요한 이야기도 안 했어요. 했나? 했을 수도 있어요. 그런데 난 자느라 기억나는 게 없어요. 언니 나는 중요한 이야기라면 꿈에서라도 들었을 거라고 생각해요. 그런데 꿈도 꾸지 않았어요. 내가 할 말들은 많았어요. 나는 생각이 많으니까요. 나는 그걸 정에게 배정에게 전해야 했어요. 그래도 우리는 오래 알고 지냈고 여기서 그러니까 여기서 제일 오래 알고 지냈고 배정이

나에게 잘해 주었으니까요. 그리고 나도 배정이 좋아요. 배정은 좋아요. 하지만 배정은 날 몰라요. 앞으로도 영영 모를 거예요. 내가 지난번에 부산에 간다고 해서 배정이 나 찾으러 갔었잖아요. 그때 나 정말로 부산에 가려고 했었어요. 부산에 아는 사람이 생겼거든요. 그리고 배정 친구 중에 한 명도 부산에 살아요. 여튼 부산에서 일을 할까 생각했어요. 그러다 돈이 모이면 다시 일본에 가 버릴 거예요. 나는 평범하게 학교 다니고 학교 졸업하면 회사 다니고 회사 끝나면 애인 만나고 애인은 여러 명 아니고 그때는 한 명이고 그렇게 살려고 생각했거든요. 그런데 우리 엄마는 별생각이 없어요. 애초에 애초부터 우리에게 큰마음은 없었던 것 같아요. 평범하게 학교 다니는 쉬운 것부터 어그러졌잖아요. 그래서 일본에 다시 가면 그때는 검정고시를 보든지 해서 다시 아르바이트를 하고 뭐 그렇게 살고 싶어요. 이런 이야기를 하려고 했어요. 그런데 나는 왠지 배정을 보면 어딘가 답답하고 미안해져서 그때는 배정의 이야기를 들어 주려고 했어요. 이번에는 들어 줘야지 그런 마음으로 피곤한데 따라간 거였거든요. 그런데 정은 울기만 했어요. 울기만 했고 우는 걸 보니 나도 슬퍼지고 아무 생각도 안 들고 배정은 사람을 그렇게 만드는 재주가 있는 것 같아요. 늘 그랬거든요. 그러고 나니까 잠이 들었어요. 내가 하려던 말은 못했어요. 이 이야기를 한다고 해서 배정이 나를 알게 될 것 같지는 않지만 그래도 약간은 알게 될 수도 있었을 텐데, 배정은 이제 알지 못해요. 절대로. 영영 모르게 되었어요. 우미는 그렇게 말했다.

우미는 한 번 말을 시작하니 쉬지 않고 말했다. 여태껏 참아 왔던 것을 터뜨리듯 말했다. 우미. 나와 우나가 늘 웃기고 싶어 하는 우미. 그런데 늘 사라지는 우미. 나와 우나가 고개를 맞대고 뚫어져라 쳐다보는 우미. 나는 우미를 다시 못 보게 될 것처럼 우미의 고개를 내 쪽으로 돌려 천천히 보았다. 손이 차가운 우미, 약간 넓은 어깨에 마른 몸을 가진 우미, 이마가 둥글게 튀어나온 우미, 감정이 늘 출렁거리는 우미. 우미는 내 볼을 잡고 입을 맞췄다. 우리는 그러고 웃었다. 같이 웃어도 우나와 우미는 다르고 어떻게 다르냐면 우나가 더 편하고 우미는 더 웃다. 우리는 한참 동안 서로를 껴안고 있었다. 우미는 정말 곧 떠나 버릴 생각일까, 부산으로 가고 또 일본으로 가 버릴 생각일까. 우미의 얼굴은 꼭 그랬다. 곧 떠날 것 같았다. 슬픈데 홀가분해 보였다. 그러나 다시 보면 쓸쓸하고 남은 것이 없는 사람의 표정이었다.

"언니 내가 가도 우나 언니랑 계속 친하게 지낼 거예요?"

"응."

"그러지 마요."

"왜?"

"왜 그럴까요?"

우미는 그러고 웃었다. 우나가 「뉴욕-1」을 작업하던 때였다. 침대에 엎드려 있던 우나가 발가락으로 우미의 머리를 툭툭 치며 웃었다. 나는 방바닥에 앉아 나 혼자 이대로 누군가를 바라보고 있게 될 것 같다는 예감이 들었다. 문득 가슴이 차가워짐을 느꼈고 그 마음은 사라지지 않았고 사라지지 않는다. 우나와 우미는 그 자리에 있어도 어딘가로 떠나고 있는 것 같았고 나는 이 자리에 앉아 10년이 지나고 20년이 지나도 우나를 기다릴 것 같았다. 그 느낌에서 벗어나려고 자리에서 일어나 침대로 가 우나에게 장난을 쳤다. 이 자리에 우나가 있는 게 맞는지 의심이 들어 자꾸 간질이고 놀렸다. 장난을 치면서도 슬퍼서 더 열심히 장난쳤다.

27

배 군이니
정 군이기도 하고요.
정 군이니
배 군이기도 하고요.

우나의 엄마는 다시 나와 정을 초대했다. 배정이 문을 열고 들어서자마자 배 군, 아니 정 군 아니 배 군인가 하며 웃었다. 둘은 처음 봤을 때 했던 말들을 반복했다. 배 군이니네 정 군이기도 하고요 정 군이니 네 배 군이기도 하고요. 집 안에는 기름 냄새와 볶음밥 냄새가 가득했다. 우리는 이전처럼 상에 앉아 음식을 기다렸다. 우나의 엄마는 붉은 테두리가 있는 접시에 오므라이스를 담아 주셨다. 상 가운데에는 돈가스를 놓았다. 돈가스는 갈색 접시는 흰색에 붉은 테두리 오므라이스는 노랗고 케첩은 빨갛다. 모두 선명한 색. 우리는 후후 불어 가며 먹기 시작했다. 우미는 또 늦는구나. 그렇지 뭐. 우나는 고개를 들지도 않고 대답했다. 맛있었다. 지난번도 맛있었지만 이번엔 훨씬 더 맛있었다. 맛있다 맛있다 나와 정은 숟가락을 움직일 때마다 맛있다 맛있어요 맛있지를 반복했다. 우나의 엄마는 활짝 웃으며 더 먹어라 더 먹어라 했다. 우나의 엄마는 갈색 머리를 하나로 묶어 틀어 올렸다. 머리에 꽂힌 실핀이 눈에 보이는 것만 해도 다섯 개가 넘었다. 우나의 엄마는 배 군아 정 군아 했고 아직 내 이름은 알지도 못하는 것 같았다. 궁금한 것 같지도 않았고 안중에도 없었다.

"정 군아."

"네."

"너는 공부 잘하니?"

"어, 아니에요. 못해요. 못하니까 시험을 세 번이나 봤지."

"그래 못해도 괜찮다. 뭐."

정은 웃던 얼굴을 거두고 밥을 먹기 시작했다. 배정은 표정이 시무룩해졌다가 그걸 의식해서 다시 웃으려 했는데 잘 안되었다. 우나의 엄마는 정에게 고개를 더 가까이한 후 다시 물었다.

"애, 너 영어는 잘하니?"

"그나마 좀 나아요."

"그래. 아줌마 영어 좀 가르쳐 줄래?"

"에? 왜요? 왜 저한테 배우시게요? 안 돼요."

"왜 안 되니?"

"그냥 안 돼요. 제가 어떻게요."

"애 그냥 해 본 말인데 뭘 그렇게 정색하고 그러니."

정은 웃었는데 나는 그걸 보면서 왜 웃을까 할 말이 없어서 웃나 생각했다. 우나의 엄마는 영어를 잘하고 싶다고 했다. 미국에 가면 좋겠지? 좋을 것 같지 않아? 우리에게 자꾸만 물었다. 우리는 네네 좋겠지요 한 번도 안 가 봐서 몰라요 했다. 막 튀긴 돈가스는 밥을 다 먹을 때까지 따뜻해서 맛있었고 오므라이스는 안의 밥도 계란도 모두 맛있었다. 우나의 엄마는 물을 끓여 인스턴트 커피를 탔다. 네 잔을 타서 우리에게 한 잔씩 주면서 커피 마셔 봤니 언제 마셔 봤어 애들이 커피도 마시고 그래야 한다고 했다. 같은 커피인데 우나가 탈 때보다 맛있어서 마시면서도 놀랐다. 그때처럼 우나의 엄마는 배정과 만담을 하듯 이야기를 주고받았고 음식은 여전히 맛있었다. 하지만 우리는 이전과는 달리 커피를 마실 수 있었고 우미는 끝내 들어오지 않는다. 우미는 늦은 시간까지 어디에 있는 걸까. 우나의 엄마는 우나에게 우미는 어디 있느냐고 늦는다는 이야기 들었냐고 물은 후 대답은 기다리지도 않았다는 듯이 다시 정과 농담을 했다. 우나는 대답 없이 텔레비전을 켰고 우리는 다시 자리에 앉아 가요 프로그램을 보았다. 우나 엄마가 말을 끝내고 잠시 모두가 조용했고 우나 엄마가 농담을 시작하고 우리는 아무 말 없이 눈치를 보았다. 누구도 말하지 않던 시간이 모두에게 불편함으로 남았다. 정은 웃으면서도 우미를 생각했다. 우나의 엄마가 우미는 어디 있느냐고 물었을 때 정은 움찔하며 놀랐지. 나는 그런 정을 보고 있었고 우리는 잠시 멀리 있는 우미를 생각했으나. 우나의 엄마는 이전처럼 아 저건 누구 같은데 누구를 따라 했네 왜 요즘 애들은 서유석처럼 노래를 못하니 했다. 우리는 묵묵히 커피를 마시며 우리도 처음 보는 댄스 가수의 무대를 뉴스 보듯이 보았다. 우나가 갑자기 울었다. 우나는 고개를 숙인 채로 조용히 울었다. 그래서 나는 아주 잠시 정말 우는 것일까 아무런 반응도 할 수가 없었다. 우나의 엄마는 우나를 한참 보다가 다시 텔레비전을 보았다. 나는 우나보다 먼저 우나의 방으로 갔고 우나는 나를 따라 들어왔다. 우나는 훌쩍이며 왜 울까 하고 말했다. 그렇게 말하지 않았을지도 몰라 단지 그렇게 들렸다. 우나의 말들이 얼룩져 구분되지 않았다. 하지만 정말은 아무런 말도 하지 않은 것 같다. 한참을 우나의 팔을 쓸었다. 우나의 울음소리를 들었다. 우나의 눈물이 떨어져 나의 얼굴에 닿았다. 한참을 우나와 함께 있었다. 나는 눈물이 나지 않았다. 슬펐지만 그대로 슬픈 채로 우나를 보기만 했다. 우나를 껴안은 채로 벽을 보고만 있었다. 아무 말도 못했다. 벽은 흰 벽지가 발린 흰 벽은 점점 푸른색으로 변하고 서서히 눈물로 얼룩지고 있었다. 내가 마주한 벽은 푸른색 물로 얼룩져 갔고 곧이어 천장까지 푸르게 변했다. 우나는 천천히 나를 떼어 내고 벽에 등을 기대고 앉았다. 마주한 벽은 다시 흰 벽으로 돌아와 우나를 보았다. 벽은 계속 흰 벽이기만 했고 우나는 가만히 숨을 쉬고만 있었다. 나는 밖으로 나가 커피와 물을 가져왔다. 우나에게 물을 건네고 옆으로 가 앉았다. 우나는 물을 한 모금 마시고 입을 떼었다.

"　"

"뭐라고?"

"　"

우나는 다시 입을 닫았다. 우나는 손 안에 쥔 컵을 바라보

고만 있었고 나는 흰 벽만 보았다. 푸른색이었던 흰 벽은 그
대로 흰 벽이기만 했다. 모르는 것, 영영 모를 것 같았다. 우나
는 갑자기 울음을 터뜨렸고 나는 아무 이유도 댈 수 없다. 추
도식을 장례식을 끝을 내는 것과 결정하는 것을 그 모든 답
을 찾는 것을 모르는 것처럼 왜 흰 벽은 푸른색이 되고 우리
가 찾는 어딘가는 어디에 있는지 혹은 없는 것인지 언젠가
알게 되는 것인지도 알 수 없었다.

28

우나의 엄마가 미국에 가기로 결정했다. 우나도 미국에 가
고 우미도 미국에 가겠지. 정에게 들은 말이었다. 정은 며칠
뒤 학원에서 그 이야기를 했다. 맨 처음 미용실 할 때 일하던
원장님이 10년 전에 뉴욕에 미용실을 내셨대. 계속 오라고 했
는데 이제 가기로 결정한 거래. 정은 나를 살피며 말했다. 배
정은 용기를 내어 어려운 이야기를 해 주고 있었다. 정의 얼
굴이 그렇게 말했다. 크게 놀라지는 않았다. 며칠째 나는 왜
우나는 아무런 이야기를 하지 않아? 왜 안심시켜 주지 않을
까?에 대해서 고민하고 있었다. 우나는 왜 울었는지 왜 요즘
은 말이 없는지 내게 설명해 주지 않는다. 나는 우나 앞에 가

면 벽을 느끼고 더욱 말을 걸 수 없고 그냥 좀 웃다 온다, 혼자서. 그러다 아직 아무런 이야기도 들은 게 없으니 괜찮다고 생각하다가 왜 아무 이야기도 들은 게 없을까 다시 슬퍼졌다. 정의 이야기를 듣는 순간에도 그랬다. 우나는 왜 아무 이야기도 안 해 줄까? 우나는 내 생각을 하고 있을까? 그런 질문들을 던졌다. 나는 늘 여러 가지 대답들을 했다. 그리고 그걸 뒤집고 다시 물었다.

"그런데 정말일까?"

"뭐가?"

"미국에 간다는 거."

"몰라. 그렇게 말하던데? 우나가 아무 이야기 안 해?"

"응."

"몰라. 맞겠지."

정은 우미와 연락이 되지 않았다. 정의 옆모습은 초조했다. 쉬지 않고 손톱을 뜯는 것이 고개를 돌리지 않아도 보였다. 우미는 정은 나를 몰라요 했지. 우미는 정을 알지만 정은 우미를 모르는 것, 우미가 자신 있게 내뱉었던 말들을 생각했다. 하지만 아무도 우미를 몰랐다. 정의 잘못이 아니고 정의 부족도 아니고 우미는 여기에 없고 있던 적이 없는 것일 뿐이다. 나는 다시 우나의 집으로 가 우나의 방문을 열어야 하는 것일까. 내가 정처럼 용기를 내어 너 정말 미국에 가니 하고 물어도 우나는 아무것도 아니라는 듯이 대답을 해 줄 것이고 나는 그 태연함에 울고 싶을 것이다. 나는 그게 벌써 눈에 보이는 듯해서 미리 슬퍼하고 있었다. 아까부터 바람이 세게 불어 나무를 움직이고 창을 들썩이게 하고 있다. 우리는 소리가 나는 쪽을 보았다. 창이 덜컹거렸다. 바람이 심하게 불고 있다. 곧 비가 올 것 같다. 밖으로 나가면 머리가 날리고 고개를 들 수 없겠지. 나는 그걸 잘 알았다. 잘 아는 기분이 들었다.

학원이 끝나고 나와 정은 움츠러든 자세로 문을 열고 나왔다. 회색 하늘이었다. 우리는 흩날리는 머리를 만지며 길을 걸었다. 길에는 사람들이 별로 없었다. 걷는 사람들은 모두 우리처럼 한 손으로 머리를 만지며 길을 걸었다. 문득 나는 저 키 작은 짧은 머리 남자를 알았던 것 같다. 지금 눈앞에 보이는 저 편의점에서 일을 하며 새벽을 났던 것 같고 그때 새벽은 어떨 때는 상쾌했다. 피곤한 와중에 상쾌했다. 그때 나는 편의점 맞은편 옷 가게 주인과는 옆집에서 살았던 것이 기억나고 지금 지나는 버스를 타면 도착하는 오래된 5층 아파트에서 살았을 것이다. 그때는 내가 어린 것도 늙은 것도 아니고 모든 것을 할 수 있는 언젠가였다. 공기 중에는 물기가 가득했고 나는 많은 것을 통과하는 기분이었다. 머리를 정리하고 손으로 얼굴을 문질렀다. 정이 버스가 도착했다고 말했다.

버스 안에도 사람은 몇 없다. 우리는 나란히 앉아 뭉쳐져 움직이는 먼지를 보았다. 해는 이미 길어져 있었다. 정은 우미를 만나러 간다고 말했다. 입에서 김이 나오는 것이 보였다. 창에는 물기가 서려 있었다.

나는 왠지 우미는 집에 있지 않을까, 어디에 간 것도 아니지 않을까 하는 생각이 들다 말았다. 우미는 부산으로 간 걸까, 일본으로 간 걸까, 친구 집에서 자고 있을까. 우미와 평평한 땅에 나란히 누워 있던 일은 먼 일 같고 있지 않았던 일 같다. 나는 우나에게 갈 거라고 했다. 정은 미국으로 언제 떠나는지 물어보라고 했다. 알았다고 말하고 고개를 돌리니 창에 물기가 가득했다. 여전히 버스에 올라타는 사람들한테서도 물 냄새가 났다. 모두 어디에 다녀온 건지 축축한 물 냄새를 묻히고 버스에 올랐다. 왠지 하루 종일 모든 것을 아는 기분이 들어 모든 것에 미리 슬퍼했다. 아쉬워했다. 아는 것이 하나도 없는데. 앞으로도 알 수가 없을 텐데. 옆에 앉은 정의 계획도 내일도 모르고 우미는 더더욱 모른다. 지나가는 사람들의 어제를 아는 것 같은 기분은 그 확신은 어디에 닿는 겁니까. 길은 한산하고 버스는 빠르게 움직이고 그럼 나는 더 빨리 우나에게 도착하겠지. 그건 알았다. 알 만한 것이니까.

"곧 도착하겠네?"

정은 다 알고 있다는 듯이 물었고 미국 언제 가는지 물어

보는 거 까먹지 말라고 했다. 우리는 같은 정류장에서 내렸고 정은 갈림길에서 다시 한 번 물었다.

"뭐 물어보라고?"

"언제 미국에 가냐고."

"맞다."

29

우나의 손에 들린 책을 보았다. 『뉴욕의 역사』. 뉴욕은 포틀랜드에 비하면 엄청나게 자료가 많을 것이다. 나와 있는 책만 해도 다 읽을 수 있을까. 우나는 그래서 즐거울까 보람을 느낄까. 아니면 힘이 들까. 지칠까.

"우나."

우나는 고개를 돌렸다.

"할 말 없어?"

우나는 책을 베개 위에 놓고 누웠다. 나는 책가방이 무거워 내려놓았다. 방금 목소리가 떨렸다. 그게 우스워서 스스로 우스워진 기분이었다. 우나는 고개를 벽 쪽으로 돌리고 말하기 시작했다. 그런데 목소리가 너무 작아 들리지 않았다. 응? 조금만 크게 말해 똑바로 보고 말해.

"나는 계속 무서웠다고."

"뭐가?"

내가 뉴욕 지도를 그려서 그걸 너무 열심히 해서 뉴욕에 가게 된 거. 그렇다고 생각해. 열 개는 그렸을 거야. 지하철 노선도도 따라 그렸어. 내가 계속 생각했던 게 있거든. 준이 어떻게 살았을까, 아주 불행했을지도 모른다는 예상, 아주 평범하고 조용하게 살았을 거라는 예상 그런 거 많이 했거든. 여러 가지로 생각했어. 그리고 내가 어떻게 준을 만날 수 있을까, 내가 알아볼 수 있을까. 어쩌면 내가 준을 못 알아봐서 우리는 길에서 마주쳤는데 그냥 지나가는 거야. 그럴지도 몰라. 최근에는 그런 생각을 열심히 했거든. 내가 준을 못 알아보는 거야. 못 알아봐서 그러니까 뉴욕에서 우리는 자주 마주치는데 내가 못 알아봐. 서점에서 마주치고 마트에서 마주치고 공원에서 마주치는데 못 알아봐. 그러던 어느 날 내가 서점에서 파트타이머로 일하는데 준이 책을 들고 와서 계산을 해. 그리고 카드에 서명을 한다. 그제야 내가 알아보는 거. 그런 생각을 많이 했다. 아니면 벤치에 나란히 앉아 눈을 마주치고 이야기하다 우연히 알게 되거나. 그런 가정을 수십 번 했어. 그러니까 내가 그런 생각을 너무 많이 해서 뉴욕에 가게 된 거 아닐까. 정말 가게 된다면 내가 너무 많은 생각을 해서 가게 된 거니까, 내가 정말 그렇게 될 줄 몰랐는데 그렇게 되어 버린 거니까 나는 그게 무섭다. 내가 계속 뭔가를 해 버릴까 봐. 그래서 아주 기쁘지는 않다. 오히려 슬픈 거 같아.

우나의 이마는 벽에 닿아 있다. 우나의 목소리는 자꾸만 작아졌다. 무섭다 무섭다 하지 말고 나를 제대로 보라고 나를 차라리 무서워하라고 하는 마음과 정말 무서운가 저런 이유로 무서울 수 있는 건가 하는 생각이 동시에 머릿속을 헝클어 놓았다.

"거기 서 있지 마. 불안해."

움찔했다. 나는 이전처럼 바로 침대로 뛰어들지 못하고 망설이다 앉았다. 우나의 어깨에 손을 얹고 어렵게 말을 꺼냈다.

"그렇게 되는 거면, 이제 너는 만나게 되는 거잖아. 무서워도 그렇게 되면 결국엔 좋을 거야. 아냐?"

"아닌 거 같아."

"왜?"

"만나길 바란 적은 없거든."

나는 할 말이 없어서 입을 다물었다. 나와 우나는 이어질 말이 없고 우리는 그냥 침대 위에 있다. 하는 말도 없고 하는 일도 없다. 왜 만나길 바란 적이 없다는 거지. 나는 만나고 싶다. 나라도 만나서 이야기하고 싶다. 우나가 태어나서 지금까지 줄곧 준을 따라 불렀어요. 음악을 들었거든요 계속. 그런데 준이 어떤 사람인지 알기가 너무 힘들었어요. 알려고 노력해도 잘 알 수 없었어요. 우리는 뭐라도 아는 게 없고 준은 흔적이 없는 거 같아요. 아무도 모르나 봐요. 계속 그랬거든요. 그러니까 이제부터라도 조금 알게 되면 좋겠어요. 저도 알고 싶어요. 저도 같이 들었거든요. 노래도 따라 부르고 그랬어요. 저도 좋아해요. 이렇게 말하면 너무 제가 생각하는 거랑 달라져 가지고 화나는데요. 좋아하긴 좋아하는데 그렇게 말하고 나면 부족하다고 생각해요. 우나랑 저랑요 이렇게 듣고 있으면 우리는 그게 다르다는 걸 알거든요. 확실히 알아요. 그거에 대해 이야기한 적이 없는데도 알아요. 그렇게 달라요. 그런 이유로 좋아해요. 그게 다는 아니지만요.

"무슨 생각 해?"

"아무 생각 안 해. 너는 무슨 생각 해."

"나도 아무 생각 안 해."

"나는 사실 무슨 생각 했어."

"무슨 생각 했는데?"

"어, 정이 배정이 우미를 만날 거라고 했어."

"그 생각 했어?"

"아니 사실 그 생각 안 했어. 그거는 방금 생각났고 아까 전에 한 생각은 네가 준을 만나면 좋을 거라고 생각했어."

"좋을까?"

"응. 너는 그냥 무서워하는 거야. 이것저것. 이것저것 다 처음이니까."

"처음이라서?"

"응. 처음이라서. 처음이니까."

"나는 아니다. 그게 아니야. 그렇게 생각 안 한다. 나는 아무 생각이 없었던 거야. 아무 생각 없이 생각나는 것들을 생각했어. 하고 싶은 대로 했다. 이전엔 그게 그것대로 크고 깨끗하고 나를 괴롭히지 않았어. 하나도 안 그랬어."

"지금은 달라?"

"달라. 아주 많이 달라. 생각하는 대로 돼 버렸다고 생각하니까 너무 큰데 그게 무섭고 무겁고 하루 종일 나를 괴롭혀."

우나는 빠르게 말했다. 입가에 침이 고여 있었다. 나는 우나의 말을 알 것도 같고. 하지만 대체로 알 수 없는 기분이었다. 종일 모든 것을 알 것 같은 기분이었지. 이제부터는 모르는 시간, 애를 써도 알 수 없는 것들의 시간이다. 어쩌면 나는 우나의 말이 무슨 뜻인지 모르려고 하루 종일 모든 것을 다 알 것 같았나. 얼핏 들으면 무슨 이야기인지 알 것도 같지만 차분히 생각하면 아무 생각도 들지 않고 머리만 아팠다. 그 생각이 어떻게 하루 종일 우나를 괴롭히는 거지. 알 것만 같다. 하지만 정말은 모른다. 알 것도 같지만 결국은.

"우미는 언제 오니?"

"우미 집에 없어."

"어디 있는데?"

"응. 친구 집에 갔다고 전해 달래."

"정말 친구 집에 있어?"

우나는 말이 없고 나는 알았다고 했다. 이제부터 모든 것이 알 수 없는 것으로 남겨졌다. 나중이 되면 알게 될지도 모른다. 기다리면 되는 걸까. 기다리면 답을 듣게 되거나 스스로 알게 되는 걸까. 어쩌면 한참을 기다리고 나면 사실이 아니어도 나 혼자 생각으로 사실이라고 결정지을지도 모른다. 우미는 부산에 있고 우나는 모든 것이 처음이라 무섭다.

"방금 무슨 생각 했어?"

"네가 한 이야기 생각했어."

"내가 한 이야기?"

"어. 방금 한 이야기."

"무슨 말인지 들었어?"

"어. 들렸으니까."

"그럼 들은 거네? 들으면 된 거지. 그렇지? 그렇지? 그렇지. 그렇다면 그런 것이고 이제 조금 덜 무섭다."

"내가 들었다고 하니까?"

"네가 들렸다고 하니까."

"어째서? 어째서 그걸로 덜 무서워?"

"덜 무서워."

"달라진 게 없는데?"

"달라졌어. 내가 덜 무섭잖아."

나는 웃었다. 우리의 말은 어긋났지? 이전에는 입을 떼지 않아도 공기처럼 스며들던 것들이 지금은 자꾸만 어려워. 머리를 아프게 해. 우나는 내일을 무서워하다가 해야 할 일을 주저하다가 이제 괜찮다고 했다. 아무리 작게 말해도 네가 말을 하면 들리는 거지. 말을 하지 않아도 들릴 때가 있었는데 지금은 말을 해야 들리고 애를 써야 들려. 나는 들린다 들린다 하고 소리 내어 말해 본다. 들린다 들린다.

"들었다는 거지?"

"들린다."

우나는 똑바로 누워 눈을 감았다. 나는 다시 들린다 들린다 말했고 우나의 표정은 차분해졌다. 침대에서 빠져나와 책가방을 맸다. 방문을 닫고 문 앞에서 으이아 하는 입 모양을 냈다. 우나는 웃었다. 천천히 방문을 닫고 나왔다. 나는 계단을 뛰어내리고 어둑한 길을 달렸다. 숨이 찼다. 집에 도착해서야 정이 물어보라고 한 것이 생각났다. 그게 생각났다는 것을 잊어버리려고 다른 생각들을 했다. 방 안을 한참 걸었는데도 머리가 아파서 잠이 오지 않았다. 씻고 책을 보고 이불 속에 누워도 머리가 아팠다. 밤이 길었다.

그러다 꿈을 꿨는데 꿈에서 나는 우나였다. 나는 나와 우나는 다른 사람이지만 지금 나는 우나라는 것을 알고 있었다. 꿈의 원리를 알고 있었다. 지금은 우나구나 했다. 자연스럽게 생각했다. 우나는 그러니까 나는 비 오는 놀이터를 향해 걸었다. 비가 퍼붓는 날씨는 아니고 약하게 내리는 날이었다. 비는 우산이 없다면 하는 수 없지 싶은 정도로 내렸다. 우나는 가방을 메고 있었고 우산을 가지고 있었는데 펴지는 않고 손에 들고 흔들고 있었다. 가방은 납작했고 손에는 골판지 상자를 들고 있었다. 우나는 젖어서 물렁해진 땅을 파기 시작했다. 손에 나뭇가지를 들고 팠다. 우나는 젖은 땅에 금세 주먹 하나가 들어갈 구멍을 팠다. 구멍 옆으로 과장되게 많은 흙이 쌓였다. 만화처럼 구멍이 후다닥 파졌고 흙은 더미가 되어 점점 높아졌다. 우나는 그 안에 손에 든 골판지 상자를 넣었다. 상자는 통통 소리를 내며 구멍 속으로 떨어지고 우나는 흙더미 옆에 앉아 구멍을 들여다보았다. 이제 아무 소리도 안 난다 싶었을 때 후드득 소리가 나더니 구멍에서 종이가 하나씩 날아올랐다. 날아올랐다고 해야 할지 빠져나왔다고 해야 할지. 종이는 붙들지도 못하게 빠르게 도망갔다. 그리고 구름 위에 부적처럼 붙었다. 펄럭거렸다. 우나는 땅에 앉아 그걸 멍하게 보았다.

이제 다음 장면으로 넘어간다. 우나는 하루하루 구름 위에 붙어 있는 종이를 챙기려고 길을 걷는다.

"우나야."

"네?"

"네가 이걸 구름 위에 붙였니?"

"아니요."

"얼른 떼어라."

우나는 대답 없이 계단을 오른다. 계단은 국립공원이나 절에 가는 길에 나오는 회색 돌계단이었다. 우나는 화가 나지 않았고 슬프지도 않았다. 어떻게 아냐면 내가 우나였기 때문이다. 슬픈 꿈을 꾸면 슬픈데 나는 자면서도 슬프지 않았다. 계단을 오르기만 했다. 그곳은 맨 처음에 나온 놀이터와 먼, 다른 동네였는데 그곳 구름에도 종이가 붙어 있었다. 그리고 어디를 가든 구름에는 종이가 붙어 있을 것이다. 그 꿈이 그렇게 말했다. 계단 끝에는 높은 타워가 있었다. 우나는 타워 밖에 사람들 눈에 띄지 않게 붙어 있는 사다리를 타고 올랐다. 높은 곳에 오르니 더 많은 구름이 보였다. 우나는 타워 꼭대기에 누웠다. 옆에 누가 있었다. 처음 보는 남자였다. 남자는 타워 직원이었다. 유니폼을 입고 있어서 금방 알 수 있었다. 남자는 우나를 보더니 우나를 발로 차서 구석으로 보내고 아무렇지 않게 종이를 뗐다. 남자 앞으로 구름이 왔다.

구름은 동물원에서 생선을 받아먹는 돌고래처럼 하나씩 남자 앞으로 와 남자가 종이를 떼 주기를 기다렸다. 남자는 청소를 하듯 종이를 떼고는 쓰레기통에 넣었다.

그다음 장면은 우나가 늙어서 타워 꼭대기에 있는 것이었다. 우나는 앉아 있었다. 아무것도 하지 않았다. 얼굴은 그대로인데 늙었다고 했다. 나는 그것도 이해하고 있었다. 나는 우나이고 우나는 얼굴은 그대로인데 이미 늙었다. 앉아 있느라 늙었다.

꿈에서 깨어 우나가 늙었구나 했다. 내가 우나의 방문을 닫고 나오던 것이 기억났다. 나는 내가 먼저 일어나 간다고 했으면서도 왠지 우나가 나를 부르지 않을까 했다. 나를 불러 세워 잠깐만 이런 이야기를 할 것이라고 기대했다. 나는 천천히 우나의 집을 빠져나왔고 뒤를 돌아보아도 귀를 기울여도 아무 소리도 들리지 않았다. 그다음 장면은 나는 집에 들어가 잠이 들었고 꿈에서 우나가 되는 것이다. 나는 우나이면서 이상하지 않았고 갑자기 나이가 들어도 받아들일 수 있었다. 그게 나에게 주어진 것이라고 덤덤하게 생각했다. 종이는 쓰레기통에 버려졌다. 우나는 그것을 찾으려는 듯이 오래오래 타워에 앉아 있었다. 시간이 지나고 나이를 먹고 다 늙도록 아무것도 찾을 수 없었지만 그 자리에 앉아 있었다.

자리에서 일어나니 엄마는 한밤중에 국수를 김치에 비벼

먹고 있었다. 아빠는 아직 들어오지 않았고 집에는 엄마와 나 둘뿐이었다. 밖에 비 온다, 엄마는 그래서 국수를 먹는 것처럼 말했다. 나는 부엌으로 가 창을 보았다. 창은 덜컹거렸다. 오늘 오후의 창처럼 덜컹거렸다. 엄마 비 와. 응 온다니까. 나는 자다 일어나 멍한 눈으로 맞은편 아파트를 보았다. 아파트 불빛, 거실의 텔레비전 불빛. 공사 중이던 아파트들도 어느새 하나씩 세워졌다. 저기에 사람들이 들어오는 거야? 들어와서 불빛 불빛 들을 만드는 걸까. 베란다 조명등 거실의 텔레비전 작은 방의 스탠드를 밝히는 건가. 불빛들을 만들며 나 여기 있다고 말하는 걸까. 그렇게 뜨거운 방법으로 자신을 알리는 거야? 두어 달 만에 시내버스 노선은 길어지고 초등학교는 처음 본 동네에 하나씩 들어섰다. 새로 생긴 초등학교 이름은 정류장이 되어 하나씩 입에 익었다. 늦었는데 자지 그러냐. 잘 거야. 나는 여전히 창문 앞에 서서 대답한다. 천천히 몸을 돌려 방으로 들어갔다. 여전히 머리가 아픈 채로.

다음 장면은 내가 침대 위에 누워 눈을 깜박이는 것, 무섭다고 벽에 대고 말하는 우나를 생각하는 것, 우나야 내가 너야, 너는 내가 아니지만 나는 너야. 나는 천장에 대고 말했다. 우나야 우나야. 새벽 4시를 확인하고 머리가 아파 울다가 잠이 들었다.

30

정은 학원이 끝나면 우미를 기다렸다. 우미의 집 맞은편 놀이터에 앉아 우미가 사는 곳을 바라보았다. 배정은 집 안으로 들어가 우미 어디 있느냐고 묻지 않았다. 이전처럼 우미의 친구들을 찾아 나서지도 않았다. 나는 그게 더 무서운 방법 아닌가 싶기도 했지만 배정은 오히려 이전보다 평안해 보였다.

이제 혼자 걸어서 집으로 돌아온다. 아직 봄이었고 가끔 쌀쌀한 날도 있었지만 곧 여름이 온다. 눈에 보이지 않는 곳에 서 있는 나무가, 아무도 보지 않는 녹슨 표지판이, 눈앞에서 지는 꽃들이 그렇게 말했다. 여름이 오고 있어.

며칠째 우나의 집에 가지 않았다. 마지막으로 우나에게 갔을 때 우나가 무섭다고 했던 것이 내내 기억났다. 그 장면이 늘 머릿속에 남아 있었다. 그렇게 머리 한가운데에 우나가 있어서 매일 머리가 아팠다. 잠이 오지 않았다. 그리고 방문을 닫고 나왔던 것도 시도 때도 없이 기억해 냈다. 대문을 닫고 나왔을 때 왠지 우나를 그곳에 가두고 나온 기분이 들었다. 우나는 침대에 누워 있고 내가 문밖으로 자물쇠를 달아 우나를 가둔 것 같았다. 나는 우나가 나에게 무슨 말인가를 할 거라고 생각했지만 우나는 아무 말이 없었다. 그게 화가 나서

문에 못을 박고 자물쇠를 달아 우나를 가둔 것이다. 우나를 왜 가뒀을까. 답을 찾으려 했지만 답은 나오지 않았다. 침대에 누워 괴로워하다 가까스로 우나를 가두지 않았다고 머릿속 누군가가 말해 주면 그때서야 아 그렇지 하고 잠을 잘 수 있었다. 엊그제 밥을 먹는데 식당 아줌마가 학생은 왜 인상을 쓰냐고 했다. 학원에서 앞에 앉는 사람도 그랬지. 나는 요즘 무슨 일이 있었나 생각해 보려 했지만 곧 다른 질문이 찾아와 그럴 수 없었다. 왜 우나를 가둔 거야? 나는 왜일까 생각했다. 아무래도 알 수 없어서 자꾸 다시 생각했다. 왜 가둔 걸까. 왜 내 손으로 그걸 해 버린 걸까.

31

엄마와 주말에 새로 생긴 쇼핑센터에 갔다. 우리는 바뀐 버스 노선을 확인하고 또 확인했다. 그래도 불안해서 버스를 기다리는 여학생에게 묻고 버스에 타서는 기사에게 물었다. 우리는 쇼핑센터가 문을 연 첫날 준다는 경품을 받기 위해 아침부터 준비했다. 나는 신이 났다. 안 해 본 걸 해 보니까. 늦더라도 식용유는 준대. 엄마는 나를 재촉하며 말했다.

버스는 아직 황량한 길을 달렸다. 우나와 함께 걸었던 미분양 아파트 앞을 지났다. 미분양 아파트는 미분양 아파트로 태어나 미분양 아파트로 자라고 있다. 미분양 아파트로 죽으면 누가 묻어 주나요? 같이 놀던 중학생들이? 아니. 누구도 묻어 줄 수 없고 도시 한복판에 박힌 채로 오랜 세월 미움을 받는다 아마도. 엄마는 이대로 죽 가면 미군 부대가 나온다고 했다. 엄마는 가끔 그곳에서 과자처럼 바삭한 피자를 사 왔다. 이대로 죽? 응, 두 시간 안 걸리게 가면. 아직 이곳엔 산과 논밭이 남아 있다. 모든 것이 하던 중이었다. 버스 안의 사람들은 새로 문을 열 쇼핑센터 이야기만 했다. 우리 모두 관광버스를 빌려 교외로 놀러 가는 것 같았다. 그리하여 우리가 가는 곳은 모든 것이 하던 중의 세계이다. 우리는 관광버스에 타고 흘러나오는 익숙한 음악을 듣고 그리고 도착하는 곳은 모든 하던 중의 도시 공사 중의 세계. 멀리서 커다란 회색 건물이 보였다. 그 앞에만 사람들이 몰려 있었다. 엄마는 초조해 보였다. 버스 기사는 능숙하게 건물 직전에 버스를 멈췄다. 엄마의 손을 잡고 뛰었다. 이미 사람들이 많았다. 쇼핑센터 직원은 사람들을 줄 세우며 전단지를 나눠 줬다. 우리는 이미 여러 번 읽은 전단지를 다시 읽었다. 읽고 또 읽었다. 달리 할 게 없었다. 엄마와 나는 앞에 대체 사람들이 몇 명이나 있는 걸까 고개를 빼고 세 보다가 포기하다가 다시 세 보기를 반복했다. 앞에 선 사람들의 차림을 구경하고 사람들의 이야기에 귀를 세웠다. 다시 사람들을 세 보려는데 문이 열렸고 눈앞의 사람들이 건물 안으로 쑥쑥 들어갔다. 엄마와 나는 500명 안에 들어 식용유와 티슈를 받았다. 우리는 준비해 간 가방 안에 식용유와 티슈를 넣고 쇼핑센터 여기저기를 구경했다. 아직 들어오지 않은 상점들이 많았고 직원들은 정신이 없고 서툴렀다. 지하부터 9층까지 다 구경하고 나자 엄마는 아무것도 살 게 없다고 가자고 했다. 우리는 사람을 헤치고 나왔다. 아직 낮이었다. 해가 쨍쨍해. 허무한 기분.

"걸어가자."

"길을 알아?"

"너는 모르니?"

"난 모르지. 처음 왔는데."

"처음 왔어도 잘 보면 알지."

엄마는 앞장서서 걸었다. 건물을 나오자 그 많던 사람들은 보이지 않았다. 버스만 간간이 지나갔다. 길에 가득한 것은 먼지와 준비 중인 상태, 하던 중인 모습이었다. 모든 것이 하고 있는 중 모든 것이 준비 중.

"엄마 다시 오기 싫어."

"별거 없더라, 그치."

엄마는 이 길로 쭉 가면 문화센터가 나오고 미군 부대는 반대편으로 가다가 우회전을 하면 되고 우리 집은 문화센터에서 좌회전하면 나온다고 했다. 미군 부대가 있는 곳에는 샌드위치 가게가 많았다. 몇 년 전에 큰엄마가 엄마와 나를 데리고 갔다. 엄마는 이것저것을 많이도 샀다, 피자 연필 화장품 같은 거. 어떻게 갔더라. 국도를 따라 한참을 달렸다. 그런 감각이 있다. 여기 점이 있다면 여기가 시내이고 시내와 집들을 잇는 길은 보통 길이었다. 도시는 그 둘을 포함하는 원이고 원과 원을 잇는 길은 국도나 고속도로. 원과 원을 잇는 길 옆에는 면이 있는데 그 면에는 산과 땅이 있다. 그런 식으로 공간을 판단했다. 내가 사는 집은 이전에는 원 안에 없었다. 원 밖에 있는 땅이었다. 지금은 원 안이었고 나중이 되면 더욱 명백한 원 안이 될 것이다. 그런 식으로 산과 땅이 서서히 지워지고 나중에는 원만 남을 것이다. 결론은 우리 모두는 원 안에 살게 되겠지. 주어진 미래와 해야 할 발전이 그랬다.

엄마와 나는 먼지를 맡으며 길을 걸었다. 해는 쨍쨍하고 당장 반팔을 입어야 할 것 같았다. 어제와는 완전히 다른 날씨였다. 걸으며 우나를 생각했다. 우나는 나를 찾지 않는다. 우나가 나를 어떻게 찾을까? 우리 집에 오는 걸까, 학원 앞으로 오는 걸까. 둘 다 어색했다. 우나가 나를 찾지 않으니 정말로 내가 우나를 가뒀나 보다 그런 생각이 들었다. 커져 갔다. 내가 어떻게 가뒀더라, 문을 닫고 밖에서 자물쇠를 달아 잠가 버렸지. 그리고 나는 빠르게 계단을 내려와 도망갔지. 그러다 고개를 들면, 그건 다 거짓말이고 단지 우나는 나를 찾지 않을 뿐이라는 확신이 들었다. 그 사실을 깨닫고 슬퍼졌다. 왜 우나는 나를 찾지 않을까. 내가 우나의 이야기를 들어 줄 수 있는 사람이다. 그걸 우나도 알고 있지 않을까. 우나는 누군가가 이야기를 들어 주길 바랄 것이다. 그렇다면 그 사람은 나인데 왜 나를 찾지 않을까. 먼지를 맡으며 우나 생각을 했다. 우나만을 생각했다. 엄마는 멀리 보이는 아파트 이야기를 했고 나는 엄마의 목소리를 들었지만 무슨 이야기인지 알아들을 수는 없었다. 엄마의 이야기는 들리는 대로 그대로 빠져나갔다. 나는 응응 대답만 했다.

집으로 돌아와 씻고 자리에 누웠다. 졸린 눈으로 도서관에서 빌려 온 책을 폈다. 책은 엄마의 이야기처럼 읽는 대로 빠져나갔다. 무슨 내용인지 읽어도 알아차릴 수 없었다. 그저 글자들만을 읽어 나갔다. 그러나 실수는 늘 저질러진다. 결국, 보라, 내 시각은 원락과 정반대 방식으로 뒤틀리고 있었다. 즉, 나는 틈의 다른 쪽, 메케트-레의 왕국이 출발점이었다. 난쟁이로 축소된 것은 우리였다. 나는 누구였더라. 내가 저지른 실수는 무엇이었지? 메케트-레는 누구의 이름이었나. 글자를 읽고 또 읽어도 메케트-레가 나오는 페이지를 벗어날 수 없었다. 나는 책을 접고 누워 내가 가장 잘하는 것을 하기 시작했다. 우나를 생각했다. 우나를 생각하면 잔잔한 물결 같았다, 내 마음의 모양이. 얼마 전까지만 해도 늘 그랬다. 한데 지금은 불안하고 때때로 화가 나기도 했다. 아무것도 없으니까. 나에게는 불안과 분노가 있는데 그걸 우나가 들어야 하는데 우나는 못 듣고 있으니까. 사실 그 불안과 화는 우나가 나에게 준 건데 내가 그걸 계속 갖고 있다 보니 이제는 왜 그걸 갖고 있었는지 누가 줬는지 어디서 온 것인지 알 수 없어졌다. 성격이 없는 화였다. 그런데 있는 건 분명했고 그렇다면 우나가 아 이건 없어져야 하는 거야 하고 말해야 했다. 그런데 우나가 없다. 나는 이불을 뒤집어쓰고 고개를 흔들었다. 하지만. 나에게 화가 있고 내가 그걸 볼 수 있다 해도 나는 매일 우나를 생각한다. 우나가 내게 아 이건 없어져야 하는 거야 말해주지 않아도 나는 우나가 좋았고 그건 변하지 않는 사실이었다. 며칠째 같은 결론을 내리고 있었다. 아침에 눈을 뜨면 다른 생각이 나겠지. 그 생각을 따라야지. 나는 그런 생각을 하고 눈을 깜박였다. 등에서부터 피로가 몰려왔다. 잠들기에는 이른 시간이었다. 이불을 뒤집어쓴 채로 숨을 가쁘게 쉬며 이르다 이르다 하고 혼잣말을 했다. 엄마는 저녁 먹으라고 말했고 나는 일어나야지 일어나야지 생각만 하고 있었다.

32

내가 기억하는 주말 오후는 엄마와 새로 생긴 쇼핑센터에
갔던 날이다. 먼지를 마셔 목이 아팠고 오래 걸어 다리와 어
깨가 아팠다. 잠이 들 듯 들지 않았다. 엄마가 밥을 먹으라고
나를 불렀다. 나는 가야지 가야지 생각만 하고 있었다. 그게
내가 기억하는 주말 오후였다.

33

시간이 흘러도 우나는 여전히 나를 찾지 않고 나도 우나에
게 가지 않는다.

34

여름이 왔다. 여름이 온 것이 아니라 봄이 완전히 가 버린
것이다. 봄이 오는 것으로 겨울과 추위는 사라지지만 봄이 완
전히 사라졌기 때문에 여름은 왔다. 4월의 마지막 5월의 시작
즈음 끝없이 나른한 며칠이 사라지면 더위가 왔다. 그 며칠이

사라졌기 때문에 여름이 왔다.

우리 집은 이사를 갔다. 좀 더 시내와 가까운 동네였다. 나와 배정이 같이 탈 수 있는 버스는 한 대뿐이었다. 그걸 타도 내가 먼저 내렸다. 정은 보름이 넘게 우미를 기다렸다. 그러다 우미의 엄마를 마주치고는 관뒀다. 우미의 엄마는 공항으로 가는 길이라고 했다. 새벽 3시였다. 우미는요? 우미는 다른 곳에 있어. 다른 곳 어딘데요? 배정은 따지듯 묻고 우미의 엄마는 웃으며 정 군은 뭘 자꾸 알려고 들어 했다. 우미의 엄마는 정의 손을 살짝 치고 계속 웃는다. 그 이야기를 듣고 나는 새벽 3시? 자다 꿈꾼 것 같은 얘기네라고 농담을 하다 몇 개의 정류장이 지나는 것을, 사람들이 타고 내리는 것을 보다가 무표정한 얼굴을 하고 있는 정에게 인사를 하고 내렸다. 나는 집으로 가지 않고 이리저리 걸었다. 처음 보는 길들과 가게들을 지나쳤다. 우나는 뉴욕에 있을까. 우나는 노선도도 보지 않고 지하철을 타고 다닐 것이다. 너무 많이 생각했으니까. 나는 대구에 대해 생각해 본 적이 없다. 아는 게 없다. 대구를 매일같이 걸어 다녀도 익숙해진 곳은 손에 꼽는다. 그곳은 어디야? 생각나지 않는다. 입을 떼려니 어느 곳도 익숙하지가 않았다. 한참을 걷고 나면 정말 더 이상 걸을 수 없을 때까지 걷고 나면 그제야 돌아갈 길이 보였다. 온 길만큼 남은 길. 나는 피곤한 다리를 질질 끌며 집을 향해 걸었다. 6월, 해가 늦게 지기 시작하는 때. 사람들이 밤늦도록 떠드는 여름이었다.

그즈음 나는 아직 많은 시간이 있다고 생각했고 정은 거의 반쯤은 포기한 모습이었다. 그러니까 대학 입학시험에 대해 말하자면. 학원 안의 사람들은 여름이 되자 모두 더 열을 내고 있었고 우리는 학원 안의 자습실에는 가지도 않았다. 우리는 기본적인 것들을 했다. 틀린 문제를 다시 풀거나 복습을 간단히 하거나. 사람이 없는 카페에 팥빙수를 놓고 문제를 풀었다. 도서관 자판기 앞에서 틀린 문제를 확인했다. 나는 갑자기 무언가가 생각나 정의 손목을 끌고 도서관 휴게실에 갔다. 휴게실로 향한 문은 닫혀 있었다. 자물쇠가 걸려 있었다. 출입 엄금 출입을 금합니다. 나는 정의 손목을 놓고 문 앞에 서서 밖을 바라보았다. 유리문 밖으로 비둘기들이 날아오는 것이 보였다. 비둘기들은 옥상에 앉아 해가 긴 날들을 보내고 있었다. 그러다 날고 싶으면 날았다. 보통은 옥상 바닥만 쪼고 있었지만 드물게 날기도 했다. 우나와 함께 보았던 도시의 모습은 이제 유리문 밖에서만 볼 수 있다. 비둘기와 함께 샌드위치를 먹던 여자는 어디서 누구와 점심을 먹고 있습니까. 나는 정에게 여기 예전엔 아무나 들락거릴 수 있었다고 말했다. 왜 문을 잠가 놨을까. 정은 누군가 떨어졌을 거라고 했다. 우리는 다시 자판기 앞으로 가 커피를 한 잔씩 뽑아 마시고 서로에게 문제를 냈다. 우리는 자꾸만 틀리는 문제들을 물었는데 그 문제들은 묻는데도 틀리고 틀리는데도 자꾸 묻는 것들이었다.

35

여름은 점차 깊어졌다. 대구의 핵, 중요, 특징과 본문, 가운데와 중심은 모두 더위였다. 그게 가장 중요했다. 주말에 집에 있으면 열네 시간이 넘도록 잠만 잤다. 깨어 있으면 머리가 멍했고 점차 아파 왔고 그래서 잠을 자려 은연중에 노력했다. 나는 그런 더위가 싫지만은 않았다. 그런 기분이 나쁘지 않았다. 너무 더워 머리가 멍해지는 기분, 그러다 에어컨이 돌아가는 도서관 안으로 들어가면 서서히 몸이 녹아 가는 기분 그 기분이 나쁘지 않았다. 좋았다. 나는 멍한 머리를 몸에 단 채 걸어 다녔다. 길의 가운데를 걸었다. 간판 밑으로 가지 않았다. 건물 안으로 들어가지 않았다. 친구를 만나고 온다는 정을 도서관 벤치에서 기다렸다. 머리는 점점 멍해지고 볼이 뜨거워졌다. 잔디밭에 누워 있는 아저씨가 더러운 파카를 입고 있던 아저씨가 아이스크림을 사 줄 테니 따라오라고 했다. 됐다고 했다. 배정은 멀리서 나를 보고 뛰어왔다. 뛰어오지 않아도 돼, 정의 얼굴에서 땀이 나고 있었다. 커피를 들고 있던 배정의 손이 얼음처럼 시원했다. 정의 손이 내 이마를 짚었을 때 몸이 녹는 기분, 스르르 사라지는 기분이었다. 이상한 기분이었다. 이상하고 웃긴 기분이었다.

야심이 없는 배정과 시간이 많은 나는 그럭저럭 잘 지냈다. 나는 더위를 좋아했고 태양이 기꺼웠고 배정은 싫은 게 없었다. 거리는 점점 뜨거워 갔고 6월이 끝나 갈 즈음 장마가 찾아왔다. 아스팔트와 지붕과 시멘트는 비에 식어 갔다. 우리는 끈적해진 팔을 흔들며 인사를 했다. 밥을 먹고 노래를 부르고 매일 팥빙수를 가운데 놓고 문제를 풀었다. 야, 주운 지갑에 있는 돈을 쓰면 범죄야 아니야? 범죄지. 그리고 종이를 넘겼다. 하루하루 정해진 것들을 하고 나면 잠이 왔다. 나는 잠을 자고 꿈에서는 말하지 않았던 것들을 말하고 그러다 다음 날이 오면 입을 다물었다. 어느 날인가 나는 구름에 붙은 종이가 내 발밑에 떨어지는 것을 보았다. 그때 나는 우나가 아니고 나였다. 나의 얼굴 팔 다리였다. 이게 왜 우나가 아니라 내앞에 떨어지는 거지? 꿈에서는 자연스러웠다. 종이를 자세히 보니 노래 가사였다. 노래 가사는 구겨진 종이에 적혀 있었는데 왜인지 아주 선명하고 뚜렷했다. 꿈에서도 이것이 후렴인가 아니면 뭐지 그런 생각들을 하며 여러 번 반복하며 따라 불렀다. 꿈이 다른 장면으로 넘어가고 꿈이 없는 잠이 이어졌지만 중간중간 나는 후렴의 몇 구절을 따라 불렀다. 그렇지만 눈을 뜨고 잠에서 깨니 노래의 어느 부분도 기억나지 않았다. 눈을 뜨니 사라져 버렸지만 꿈과 깸 사이에서 나는 노래를 불렀다. 그게 손바닥에 남은 가루, 가까스로 손에 쥔 조각이었다. 지난밤부터 내린 비가 아침까지 이어졌다. 빗소리와 아주 작은 어떤 것이 남았다. 잠결에 잡은 것이 그 두 가지. 그건 아침을 먹고 길을 걷고 안녕하세요 안녕히 계세요 이야기하는 사이에 사라졌다.

　며칠 동안 그 종이를 다시 보기 위해 잠을 잤다. 그 노래를 다시 부르기 위해 잠이 들었다. 그러나, 하지만 아쉽게도 일 뿐.

　그즈음 나와 배정은 공부하다 지겨워지면 성당에 갔다. 소방서 맞은편에 있는 성당이었다. 손에는 차가운 커피를 들고 성당에 갔다. 성당에 앉아 마음속으로 무언가 빌고 나와 약속한 듯이 절에 갔다. 성당과 가까운 곳에 절이 있었고 우리는 어디에든 빌면 좋겠다는 마음이었다. 성당을 빠져나와 절로 향하는 조용한 골목을 따라 걸으면 골목에서 누군가 부를 것 같은 기분이 들었다. 누군가 부르면 뒤돌아가 이야기를 할 것이다. 말을 많이 할 것이다. 정을 소개해 주고 내가 아는 것들을 말해 줄 것이다. 우리는 컵 안의 얼음이 움직이는 소리를 들으며 골목을 따라 걸었다.

36

제니 준 스미스는 처음 레코드가 나왔을 때의 상황에 대해 그리 흡족하지 않았다는 의외의 이야기를 했다.

글쎄요. 녹음된 상태가 저의 기대와는 달랐어요. 처음 들어 보고는 실망해서 레코드를 재킷 안에 넣었어요. 그리고 그대로 어딘가에 꽂아 두었어요. 다시 들어 보지 않았다고 해도 좋을 거예요. 하지만 당시 만들었던 노래에 애정이 없었다는 이야기는 아닙니다. 종종 다시 불러 보고는 했어요, 그럴 것 같지 않나요? 제가 만든 노래인걸요. 다만 레코드를 들었을 때의 느낌이 제가 생각했던 제 목소리가 아니었고 다른 부분들도 마찬가지였어요.

다른 부분이라면 어떤 것인가요, 연주인가요?

아니요. 연주라기보다는. 연주는 훌륭했어요. 녹음된 상태가 좋지 않았고…… 탁하고 흐리게 들렸다고 해야 할까. 저도 오래된 이야기라 정확히 어떤 느낌인지 설명하기가 힘들지만 선명한 느낌이 아니었어요. 그게 가장 큰 이유였어요.

그렇다면 그 이후 다른 음악 활동을 하셨나요?

혼자 노래를 부르고 물론 기타도 치고요. 가끔 교회에 나가 성가를 부르기도 했습니다.

준, 지금까지 당신이 보낸 시간을 듣고 싶어요.

37

우나의 집 앞에 섰다. 6월의 마지막 날, 여전히 비가 퍼붓고 있었다. 익숙한 알루미늄 봉이 이어진 은색 문, 아이보리색 바탕에 연한 갈색 조각이 하나씩 박혀 있는 작은 건물. 귀를 기울였지만 빗소리밖에 들리지 않았다. 우체통에는 전 주인 이름으로 온 우편물들이 쌓여 있었다. 고작 몇 개월을 살다가 나간 우나 우미 우나 엄마. 우나 엄마가 내 이름을 모르듯 나도 우나 엄마의 이름을 모른다. 이제 영영 알 수 없을 것이다. 그게 아쉽지는 않았지만 그 사실이 무얼 말하지, 문득 생각하니 서늘했다. 나는 가만히 대문 앞에 서서 안을 바라보았다. 무슨 소리가 들리는지 귀를 기울였다. 들리는 것은 빗소리뿐이었지만 어디선가 사람들 목소리가 들리는 것도 같았다. 그렇게 한참을 서 있다 집까지 걸어 돌아왔다. 걸어 돌아온 것을 말하는 이유는 걸어서 돌아가다가 길을 잃어 한참을 헤맸기 때문이다. 그 이후로도 몇 번 걸어서 집까지 돌아오려고 했으나 매번 헤맸다. 오른쪽으로 가면 헤맨다는 걸 알면서도 늘 오른쪽으로 향했다. 헤맬 것을 알면서도 다시 또 걸어서 되돌아왔다.

그 이후로도 여러 차례 대문 앞에 서 있다 왔다. 어느 날 골목에 아무도 없을 때, 그날은 정말 아무도 지나가지 않았다. 길에 차도 지나가지 않고 옆 건물에서도 아무 소리도 들리지 않았고 뒤를 돌아도 지나가는 사람이 없었다. 아무도 없었고 나만이 서 있었다. 눈앞의 알루미늄 봉 하나를 잡고 그대로 문을 열었다. 간단하게 열리는 문을 뒤로하고 계단을 올라갔다. 습기를 머금은 오후였다. 나는 슬리퍼에 원피스를 입고 있었다. 계단을 오를 때 원피스가 허벅지를 자꾸만 휘감았다. 익숙한 문, 그 손잡이를 돌렸다. 문이 쉽게 열렸다. 손잡이가 척 하고 돌아갈 때 머리가 차가워졌다. 놀랐던 것이다. 열려도 이상하지 않다고 생각하고 있었으면서 막상 열리자 머릿속이 하얘졌다. 집 안은 모든 것이 그대로였다. 전자레인지. 맨 처음에 보인 게 전자레인지였는데 실제로 쓰는 건 한 번도 못 봤었다. 우나와 커피를 마실 때 쓰던 컵들이 선반 위에 그대로 있었다. 텔레비전과 밥상, 익숙한 아이보리 색 방문도 그대로였다. 나는 우나의 방문 앞에 서서, 그냥 서서 있었다. 잠시 고민했으나 오늘은 아무도 이곳을 찾지 않는 날이라는 생각이 들었다. 오늘은 아무도 이곳을 찾지 않고 나도 이곳을 찾은 것이 아니다. 나는 눈에 보이지 않는 어떤 것이 되어 문을 열어 볼 것이다. 나는 아무것도 아니다, 그걸 믿게 되자 문을 열 수 있었다. 나를 놀리기라도 하는 듯 모든 것이 그대로였다. 우미가 방금 전이라도 책상 위에 앉았다가 간 것 같았다. 책상 위에 앉은 우미가 집을 수 있는 위치에 매니큐어가 놓여 있었다. 침대와 이불 베개와 벽지 옷장과 형광등 모든 것이 그대로였다. 위치를 기억하고 있던 상자 몇 개와 책 몇 권이 보이지 않을 뿐이었다. 흰 벽, 우나가 눈물을 흘리면 푸르게 변하던 흰 벽을 마주 보았다. 흰 벽은 원래 푸른 벽이었나 자꾸만 푸른 벽으로 보였다. 고개를 옆으로 돌리면 흰 벽인 듯, 다시 돌리면 푸른 벽 같기도 했다.

나는 침대 위에 누워 천장을 바라보았다. 이마에서 땀이 났다. 등에서도 땀이 났다. 방에는 선풍기도 에어컨도 없었고 공기는 후텁지근했다. 가만히 아무것도 하지 않고 천장만 바라보고 있자 천천히 몸이 식어 갔다. 모든 것이 서서히 돌아오는 기분이었다. 우미와 우나는 보이지 않고 둘은 어디로 갔을까 나는 아무것도 아니다. 그러자 모든 것이 원래 있던 자리로 돌아왔다. 우리 모두가 없는 사람이 되자 모든 것이 돌아왔다. 우리 모두가 보이지 않는 사람 없는 사람이 되자 우나의 방이 원래대로 돌아왔다. 방 안을 떠도는 먼지와 고요와 오후가 돌아왔다. 나는 어디로 가게 될까, 아마 나는 다시 문을 열고 나갈 것이다. 집으로 갈 것이다. 매번 헤매고 마는 길을 걸어서 집으로 돌아갈 것이다. 그러나 내가 눈을 감고 보았던 곳 내가 천천히 도달할 곳은 내가 아무것도 아닐 때 보이지 않을 때 먼지일 때 보였다. 그때만 볼 수 있는 것이었다. 내가 보이지 않을 때, 그때만. 알 수 있었다. 천천히 몸을 일으켰다. 책상 위의 매니큐어를 집어서 손에 쥐었다. 방문을 닫고 대문도 닫고 계단을 내려왔다. 원피스는 여전히 허벅지를 휘감았고 나는 자꾸만 슬리퍼 끄는 소리를 냈다. 땀과 먼지가 온몸에 붙어 있었다. 얼굴에 붙어 있던 머리카락들이 바람을 맞아 떨어져 나갔다. 슬리퍼를 신은 발이 더러웠다. 더 더러워질 것이다. 헤매는 일만 남았으니까. 슬리퍼를 끌었다. 걷기 시작했다.

그날은 길을 헤맸나, 오래 걸었나, 그런 것은 이제 기억나지 않는다. 하지만 후덥지근한 여름 오후 나는 땀이 묻은 몸으로 걷는 것을 주저하지 않았다. 이미 많은 것을 통과해 버렸지만 어느 늦은 여름 오후에는 늘 길을 헤매고 있다. 우나의 집에

서 새로 이사 간 동네까지, 그 길 위를 헤매고 있다. 그때 나는 눈에 보이지 않는 사람이 되어 왜 길에는 아무도 없을까 생각하고 있다. 내가 아무것도 아닐 때 눈에 보이지 않을 때 집으로 가는 길에서 나는 매니큐어를 손에 쥔 채로 슬리퍼를 끌고 있다. 길에는 사람들이 없고 차도 없다. 1층에 사는 사람들은 아무 소리도 내지 않고 맞은편 아파트에서도 들리는 소리가 없다. 아무도 아무를 찾지 않는 날이었다. 후덥지근한 여름 오후에 나는 아직 10대이고 그곳에서는 늘 10대이고 매일매일 길을 헤매고 있다. 아무도 눈에 보이지 않는 그곳에서는 말이다.

38

우나와 함께 간 것을 마지막으로 한동안 대구역 근처 헌책방 길도 가지 않았다. 몇 년이 지나 다시 그곳에 갔을 때 헌책방은 모두 사라졌고 대구역은 태양에 반짝였고 시장과 길과 가게는 집약적으로 모여 있고 그들 각자는 구분되어 있었다. 이곳이 그곳이었나 주위를 둘러보며 걸었다. 헌 옷을 파는 가게들이 길을 따라 늘어서 있었는데 그 길을 따라 걸으니 모여 있던 외국인들이 눈을 마주치며 사랑해라고 말해 주었다.

그 사람들은 무리 지어 웃고 있기도 했고 혼자서 시장을 향해 걷다가 나와 눈이 마주치면 사랑한다고 말해 주기도 했다. 헌책방은 사라졌고 사랑이 넘쳐흘렀다. 나는 멈춰 서서 정말이냐고 묻고 싶어졌다.

우미를 다시 보게 된 것도 그즈음이었다. 정확히는 배정이 기계공업 전문대를 졸업한 다음 해였다. 놀랍게도 배정은 대학에 갔고 졸업도 했다. 그즈음 주변에서는 개발 지역에 별뜻 없이 땅을 사 뒀다가 땅값이 수십 배 뛴 사람들을 볼 수 있었다. 정의 부모도 그랬다. 정의 엄마는 새로 생긴 초등학교 근처에 카페를 차렸다. 시내에 하나둘 생기기 시작한 낯익은 이름의 카페 체인이었다. 대학 다니는 내내 카페에서 아르바이트를 하던 정은 대학을 졸업하고 어머니를 도왔다. 처음에는 돕는 것이었으나 점차 영역이 넓어져 결국에는 정이 일을 도맡아 하고 있었다. 배정이 바빴다. 처음 보는 일이었다.

"우미가 트렁크를 하나 끌고 이리로 들어왔는데."

"그래서 알아봤어?"

"이렇게 우미가 천천히 커져서 천천히 시간이 아주 천천히 흐르고 있었거든."

"알아봤구나."

"어 천천히."

우미는 어른 같았다고 했다. 그때도 어른 같았잖아. 그렇지. 우리는 고개를 끄덕였다. 우미는 휴가를 받아 한국에 왔다고 했고 보름 정도 머물다 간다고 했다. 시내 작은 모텔에서 지낸 대. 정은 우미를 자기가 자취하는 방으로 데리고 갔다. 정은 자기는 부모님 댁에서 며칠 지내면 된다고 했다. 정은 괜찮다는 우미를 자꾸만 설득했다. 모텔에서 지내도 돼, 그런데 여기서 지내도 괜찮아 정말 괜찮아, 나는 원래 부모님 댁에서 주로 자 여기는 그냥 일이 끝나고 너무 늦을 때나 오는 거야. 우미는 대구에 아는 사람들이 있다고 했다. 우미는 트렁크를 끌고 다시 시내로 돌아갔다고 배정은 전했다.

"우미가 너를 만나야 한다던데."

"만나야 하지."

"어째서?"

"네가 우미를 만나고 싶어 하는 거랑 같지. 만나고 싶은데 나도. 만나고 싶으니까 만나야 한다고 생각하는 거."

우미는 한 번씩 연락을 하고 지내던 배정의 친구를 통해 가끔 배정의 소식을 들었다고 했다. 정이는 대학에 갔지, 잘 지낸다 왜. 그런 짧은 이야기들을 들었다고 했다. 우미는?

"우미는 부산에서 잠깐 지내다가 다시 일본으로 갔단다."

우미는 정말 말한 대로 하고 지냈다. 언니 나는 부산으로 가서 어떻게든 다시 일본으로 갈 거예요. 왜냐하면 나는 그냥 학교 졸업하고 조용히 지내다 회사 다니고 회사가 끝나면 애인을 만나고 술도 마시고 보통으로 지내고 싶었는데 지금 그게 안 되잖아요. 나는 그래서 괴로워요 언니. 나는 학교를 다니고 학교를 다녀야 졸업을 하는 건데 지금 학교를 못 다니잖아요. 나는 그게 싫어요. 들리는 듯했다 우미의 말이.

정은 잘했다. 남에게 주는 것, 깨끗한 것, 맛있게 하는 것, 다정한 것 그런 것을 다 잘했다. 어쩌다 한 번씩 정에게 들르면 너는 이제야 아니 드디어 너에게 어울리는 것을 찾았구나 감탄하게 되었다. 대단하다 굉장하다 맛있고 깨끗하고 편하다. 너의 어머니는 뜻 없이 땅을 사서 부자가 되었고 너는 그리하여 적성을 찾았구나. 정의 얼굴은 편하고 안정적이었다. 정은 이미 여러 번 말한 우미의 이야기를 다시 시작했다. 내가 있잖아 이렇게 여기 서 가지고 컵을 정리하고 있었거든? 그런데 저기서 문이 열리고 우미가 트렁크를 끌고 들어오는 거야. 천천히. 왠지 자연스럽게, 막 여기저기 살피지 않고 자연스럽게 들어왔다. 우미가 천천히 보였어 시간이 천천히 느리게 흐르는 거 있잖아. 그렇게 흐르다가 뭔가 딱 하고 우미를 알아봤어. 우리가 동시에 웃었다. 동시에 웃다가 우미가 먼저 말을 했다.

"뭐라고?"

"안녕."

"안녕?"

"응, 안녕. 이랬다."

정은 내가 커피와 케이크를 다 먹을 동안 그 이야기를 세 번이나 반복했다. 안녕 안녕 안녕. 우미는 나에게도 안녕 해 줄까. 나는 안녕 할 수 있을까. 동시에 웃어야지, 그러면 안녕 하고 말이 나올 것 같다.

39

다음 날 우미를 만났다. 정을 통해 목소리를 듣고 시간과 장소를 정했다. 나와 우미는 익숙한 곳으로 갔다. 우미가 살 던 집은 이제 헐려서 신축 원룸이 되었고 우리는 익숙한 장 소지만 처음 보는 문 앞이었다. 언니, 이 문을 열면 뭐가 나와 요? 우미는 힘을 주어 문을 밀었다. 번호를 입력해 주십시오. 기계가 상냥하게 말했다. 이 문을 열면 열면, 글쎄. 우미와 나 는 몇 년 사이에 크게 변한 예전 동네를 걸었다. 황량했던 곳 은 더러워졌고 그저 그런 곳 이도 저도 아닌 곳은 모조리 정 신없어졌다. 걸을수록 피곤했다. 우나는 죽었다고 했다. 우미 는 매일 밤 그 이야기를 연습한 사람처럼 차분히 이야기했다. 나는 그게 무슨 일인지 그리고 그것이 어떤 것인지 아직 알 수 없었다. 내가 우나를 가두던 날 우나가 죽었다면 나는 그 게 무슨 일인지 죽는 게 어떤 건지 알았을 것이다. 그때 나는 매일 꿈을 꾸던 사람, 죽음과 더 가까웠을 것이다. 우미는 아 직 매일 꿈을 꾸는 사람이었다. 나는 이전에는 손에 닿았던 생생했던 것들이 이제는 되살리려고 노력을 해야 하는 것으 로 변했다는 것만 알았다. 그것만 알아챌 수 있었다. 어떻게 우미와 헤어졌는지도 기억나지 않고 멍한 얼굴로 길을 가다 사람들과 부딪히고 지갑을 잃어버리고 어찌할 바를 몰라하며 집으로 돌아왔다.

우미는 그리고 다시 정을 찾지 않았다. 우나를 가둔 이후 나는 한동안 그런 상상을 했다. 나는 대학생이 되었고 스물 두어 살 즈음이고 뉴욕으로 어학연수를 간다, 아니면 여행 을 간다, 나는 커다란 중고 서점에 가고 모퉁이에 있는 작은 카페에 가고 그보다 더 자주 중고 음반 가게에 간다. 혹시 준 의 「돌핀」이라는 음반이 있나요? 아, 그 음반을 들은 적이 있 어요. 그 사람을 좋아하는 친구를 아는데. 그 친구도 당신 또 래의 아시아 여성이에요. 나는 천천히 우나를 떠올리고 우나 의 이름을 말한다. 혹시 우나인가요? 맞아요. 우나. 그리고 나 는 음반 가게 문을 닫고 걷기 시작한다. 그 길 끝에 우나가 있 다. 이런 상상을 수없이 했다. 우리는 때로는 중고 음반 가게에서 같은 음반을 집어 들었고 어떤 때는 카페 맞은편 테이블에 앉아 있기도 했고 언젠가는 길에서 미국인 남자 친구와 소리를 지르며 싸우는 우나를 보기도 했다. 내가 오래전에 그런 상상을 하며 하루하루를 보냈다는 것을 우미를 만나고 나서야 떠올렸다. 우미를 아직 사랑하는 배정을 보고서야 떠올릴 수 있었다. 하지만 그런 상상을 더는 못한다. 우나는 죽었다고 했다. 그러니까 이제 그럴 수 없다.

40

글쎄요. 다른 사람들처럼 저에게도 많은 일들이 있었습니다. 힘든 일들 기쁜 일들. 기억나는 것은 동생의 일입니다. 동생, 동생이. 저는 오랫동안 그 일 때문에 힘겨운 시간들을 보냈어요. 지금도 생각하면, 아니 생각할 수 없을 때가 많습니다. 동생은. 동생은. 오랫동안 아팠습니다. 아마 오랫동안 아픈 게 어떤 건지 아시는 분도 계실 거예요. 동생은 하지만 잘 이겨 냈어. 서서히 몸이 좋아지고 있었거든요. 오랜 치료 기간을 잘 버텨 왔고 그것으로 충분히 대단하지요. 어쨌든 이제 동생은 차차 나아져 퇴원을 하고 원래의 생활로, 그때는 병원 생활을 오래 해서 원래의 생활에서 멀어진 때이기는 했지만, 원래 생활로 돌아가고 있을 때였어요. 사람들은 얼굴이 편해졌다고 하고 살이 올랐다고도 하고 사랑스러워졌다고 그런 말을 했어요. 동생은 가만히 듣고만 있었어요. 웃으면서 고맙다고 하지 않고 가만히 고개를 끄덕였어요. 그리고 산책을 했어요. 동생은 그리고 산책을 하고 공원에 앉아 개들을 보고 개가 자기에게로 오면 좋아했어요. 그때 활짝 웃었어요 드물게. 그때는 봄이었고. 겨울이 지나고 추운 날들이 지나고 황량한 날들이 지나고 꽃이 피는 것처럼 동생도 힘든 시간을 지나며 나아지고 있었어요. 어느 날인가는 식료품점에서 음식도 많이 샀어요. 빵도 사고 우유도 사고 주스도, 과일도 평소보다 가득 사서 돌아왔어요. 그때 저는 동생과 함께 머물렀는데 저는 이혼을 한 이후 혼자 살고 있었거든요. 동생이 퇴원한 이후로는 동생을 돌봐 주러 동생에게 갔어요. 평소 동생은 음식을 많이 사거나 많이 먹지 않았는데 그날은 음식을 많이 사서 웃으면서 저에게 이걸 보라고 했어요. 새로 나온 요구르트였어요. 그걸 하나 꺼내서 보여 주고는 먹으라고 했어요. 저는 요구르트 병을 들고는 안심을 했어요. 이제 정말로 나아지는 거라고 생각했거든요. 그때 봉투에 들어 있는 음식들을 정리하지도 않고 동생과 식탁에 앉아 요구르트를 먹었어요. 동생은 새로 나온 거라 신기하다고 했고 맛있다고도 했고 병이 예쁘다고 했고 다음에 또 사야겠다고도 했어요.

그게 선명하게 기억이 나요. 그리고 동생은 사흘 후에 죽었어요. 아, 그러니까. 그때 동생이. 그리고 그렇게 되고 응급실에 아니다 구급차를 부르고 그런데 죽었다고 했어요. 저는 동생 방문을 열었을 때 그 문 앞에 서 있는 꿈을 매일같이 꿨어요. 저는 동생이 그 아직 기억나는 그 벽지 꽃무늬 그 위에 매달려 있을 거라는 걸 알고 있어요 꿈에서도. 그래서 열지 못하고 문 앞에만 서 있어요. 구급차가 동생 이미 죽었다고 한 동생을 데리고 가고 동생의 장례식이 근처 묘지에서 열렸고 그리고. 그리고 나는 집에 돌아왔는데 아직 요구르트와 빵과 그때 샀던 것들이 아직 남아 있었어요. 나는 그게 상해서 변하는 걸 볼 수도 없고 그렇다고 먹을 수도 없고 버릴 수도 없었어요. 동생이 그걸 사고 좋아했던 것이 그대로 되살아났거든요. 나는 아직도 그걸 어제의 일처럼 기억해요. 지나온 시간을 말해야 한다면 그게 제가 지나온 시간이에요. 동생을 아니 동생이 나를 찾아오는 것, 그때 공원 근처 하늘색 집에서 살 때 그 문 앞에 서 있는 것. 나는 그걸 빼고 나에 대해 이야기할 수 있어요. 사람들이 어떻게 지냈느냐고 하면 나는 어제 한 일들 주말에 만난 사람들을 말할 수 있어요. 그리고 집에 가서 침대에 누워 아무것도 할 수 없는 기분에 빠집니다. 그리고 그 문 앞에 서 있는 꿈을 꿔요. 동생을 동생의 목소리를 끝없이 들었던 시간이 나의 시간이에요.

41

준의 「돌핀」이 재발매되었다. 이 소식이 당신에게 무슨 의미가 되는가? 아마 대부분에게는 무의미한 소식일 것이다. 당신은 아마 준이라는 이름을 들어 본 적이 없거나 준이라는 이름은 당신에게 고등학교 시절 같은 클래스의 여학생 이름 정도일 것이다. 그렇다면 제니 준 스미스라는 풀 네임 역시 당신의 삼촌과 20년 전에 이혼한 얼굴도 기억나지 않는 나이 든 여자의 이름 정도의 의미일 것이다. 그렇지만 만약 당신이 60, 70년대 포크 음악에 관심이 있다면 밥 딜런과 닐 영을 빼고도 읊을 수 있는 이름이 넘친다면 특히 사이키 포크를 좋아한다면 당신은 아마 무릎을 꿇은 채로 이 기사를 읽고 있을 것이다. 바로 그 준의 「돌핀」이 재발매되었다.

준은 1976년 「돌핀」을 발매했다. 준의 음반을 취입한 곳은 달리아 아일랜드라는 지금도 정체가 파악되지 않는 소규모 음반 회사였다. 그녀의 음반은 모든 훌륭하고 불운한 음반들이 그렇듯 발매 이후 사람들에게 거의 알려지지 못한 채로 잊혔다. 하지만 그녀의 깨끗하고 청아한 동시에 어둡고 땅을 긁는 듯한 분위기를 가진 목소리는 포크 음악 팬들과 레코드 콜렉터들에게 서서히 알려지기 시작했고 이후 젊은 포크 뮤지션들에게 많은 영향을 끼친다. 준의 음악에 반한 사람들은

「돌핀」의 재발매를 기다려 왔으나 76년 이후 그녀의 소재는 파악되지 않았다.

여기까지가 지금껏 우리가 앞서 말한 사람들을 제외한 준을 사랑하는 우리가 알고 있던 사실이다.

준의 음반을 재발매하기로 계획한 이후 레코드 회사에서는 수년간의 수소문 끝에 준과 연락이 닿았으며 그 결실이 지금 내 눈에 보이는 이 CD이다. 우리는 이제 미스터리로 남아 있던 준의 음악을 확인할 수 있게 되었으며 언젠가 탁월한 감각을 가진 누군가의 방에서 꿈처럼 듣던 그 음악을 매일 들을 수 있게 되었다. 또한 비바람이 몰아치는 계절, 햇살이 쏟아지는 아침, 어린 시절 꾸었던 악몽을 기억하게 된 날, 새벽에 오른 산의 골짜기에서 듣고 싶은 유일한 음악을 갖게 되었다.

준의 「돌핀」이라는 아름다운 음반을 다시 들을 수 있게 된 것은 이런 의미이며 이제 당신이 확인할 차례이다.

42

우미는 그리고 일본으로 돌아갔다. 다시 만날 수 없으니 그렇게 생각할 수밖에. 변하지 않은 것이 있다면 내가 언제나 걷고 있다는 것이었다. 나는 걷고 또 걸었다. 우미를 만난 다음 날 나는 먼지와 햇살로 가득했던 주말 오후를 기억해 내고는 다시 그곳을 향해 걸었다. 엄마와 선착순 500명 안에 들기 위해 줄을 서던 건물은 그대로였다. 다만 사람들은 없다. 사람들은 이제 더 이상 버스를 타고 가야 하는 쇼핑센터에 가지 않았다. 아파트 단지들 사이에 마트가 생겼으니까. 쇼핑센터가 세워진 황량한 터는 더 이상 어떤 것도 들어서지 않았고 개발 구역은 다른 방향으로 조정되었다. 황량한 곳은 여전히 황량했다. 나는 이제 곧 사라질 브랜드의 창고 대개방전에만 활용되는 건물 안으로 걸어 들어갔다. 상인 몇 명이 모여 자판기 커피를 마시고 있었고 유모차를 끌고 지나가는 여자 한 명과 장바구니를 든 서너 명의 사람들이 전부였다. 나는 건물 1층을 지나 2층을 지나 3층과 4층 결국 9층까지 올랐다. 건물 내부의 벽은 흰색, 아무 말이 없는 벽이었다.

언젠가 나는 흰 벽이 푸르게 변하는 것을 보았다. 그것은 나에게 아무런 영향도 끼치지 못했다. 나는 더 나은 인간이 되지 못했고 더 나아가지도 못했다. 또한 더 나은 인간이 어떤 것인지 한 발짝 다음의 세계가 밝은지 어두운지 알지도 못한다. 알고 싶지도 않다. 나는 벽에 대고 우나 우나 하고 말해 보았다. 꼭 우는 사람 같다. 알고 있는 것은, 어떤 여름날 누군가는 자꾸만 허벅지에 감기는 원피스 자락을 떼어 내고 매번 헤매는 길을 다시 또 걷는다는 것이다. 아무도 길에 없을 때 내가 눈에 보이지 않을 때 누구도 누구를 찾지 않을 때 나는 문을 열었다. 그때 문을 열 수 있었다. 그리고 나는 매번 여름이고 매번 헤매며 길을 나선다. 그곳에서는, 그 길 위에서는 매번. 그렇게 그 사람은 계속 길을 걸으며 그렇게 반복되는 시간은 시간대로 스스로 자기 자신을 살고 있다.

43

며칠 뒤 준의 재발매 음반을 주문해서 들었다. 익숙한 표지가 온라인 레코드점의 구석에 떠 있었다. 2주간. 그리고 다른 재킷으로 바뀌었다. 음반을 시디플레이어에 걸고 누웠다. 익숙한 음악이 흘러나왔다.

축축한 날이었지? 무엇이든 알 것 같은 날이었고 그때는. 나는 편의점에서 아르바이트하는 갈색 머리 여자로 살 수 있었고 일찍 결혼하여 아이와 중앙공원을 산책하는 사람이 될 수도 있었고 지금 창밖에서 친구와 담배 피우며 이야기하는 남자로 살 수도 있었다. 왜 어떨 때는 모든 것을 알게 됩니까? 내가 포기했는지도 몰랐고 동시에 선택했는지도 몰랐던 시간이 눈앞에 펼쳐졌다는 것을 어째서 축축한 날에 알게 되었지? 묻는다. 그때는 모두의 얼굴이 익숙하고 그 자리에서 모두 그 자리로 있다. 그 자리에서 그 자리로 익숙하게 걸어가고 있다. 모두 자기의 길로.

창문은 덜컹거렸고 비는 쏟아지지 않았지만 축축한 날이었다. 음반은 다음 곡으로 다음 곡으로 넘어가고 있다. 문득 우나는 준의 전부를 알았다는 생각이 들었다. 이제 알 수 있다. 모두를 알고 있었던 것처럼. 다시 그때가 되어 길을 걷는다면 버스를 탄다면 달린다면 그리고 뒤를 돌아보게 되면 누군가는 서 있고 누군가는 나와 반대 방향으로 걷고 옆에 있는 사람은 먼 곳을 보고 이야기를 하고 있습니다. 언제나 누군가가 있다. 어떤 날에 내가 모두를 알게 되듯이 누군가 모두를 알게 되는 날이 오면 나는 나도 알아 버려도 좋고 알아줬으면 좋고 알고 마음대로 그 누군가의 마음대로 나를 완전히 이해해도 좋다 좋아요 좋습니다. 그래 줬으면 좋겠다. 아주 짧은 순간 내가 모두를 이해하듯이 누군가가 길을 혼자 걷는 나를 보면 모두를 이해한 누군가는 나를 이해해도 좋다고 생각했다.

계속 방 안에 누워 음악을 듣는다. 우나는 대체 언제 방에서 나와요? 준을 이해한 우나는 들판을 구르고 있는데? 그런가 하면 나는 자주 축축한 날에 그 자리를 걷고 있다. 시간은 모든 사람의 수만큼 길을 걷고 그건 슬퍼할 일도 안심할 일도 아니고 너무 많은 우리는 단지 그 길에 던져졌다는 그 정도의 일이다.

더워, 다시 여름이 시작되려고 했다. 음악을 멈추고 밖으로 나갔다. 어쩌면 달려 나간 것도 같아.

올해 이 책까지 포함하면 두 권의 책이 나오게 된다.

둘 다 데뷔 초기에 쓴 것들이라 고치는 내내 음 이랬었네 저랬었네 하는 생각을 했다.

변하지 않은 것은 원래 나름대로 있는 것이라고 생각하고 그래도 뭐 변할 수도 있겠지만.

변했다 싶은 것은 그것도 뭐 당연하다고 생각한다.

원래 제목으로 생각한 것은 '미국의 포크음악'인데 '미국의 송어낚시'와 너무 비슷한 것 같아 관뒀다.

쓰는 동안 이것저것 좋은 것들을 많이 들었다. 그것이 가장 좋았다.

2014년 12월

박솔뫼

삼각형의 시간들

금정연(서평가)

1

나는 여기에 이렇게 조용히 앉아 박솔뫼를 듣고 있다. 여기는 내 방인데, 대략 2만 권의 책이 있지는 않고, 갈색 수고양이는 한 마리도 없다. 없는 고양이의 이름은 물론 '365일의 반찬백과'가 아니다.

박솔뫼의 소설에 대해서라면 어쩐지 그렇게 시작해야 할 것 같은 기분이 든다.

그래서 나는 그렇게 한다.

2

청각이라는 관점에서, 버지니아 울프는 나쁜 문장을 쓴 적이 없습니다. 트루먼 커포티는 말했다. 과연. 나는 고개를 끄덕인다. 실은 한참 전부터 고개를 까닥거리고 있었는데, 그건 내가 박솔뫼를 듣고 있기 때문이다. 내가 듣는 박솔뫼는 기타 위주의 포크 음악 같지는 않고, 두 대의 턴테이블과 한 개의 마이크로 부르는 노래도 아니다. 소위 말하는 절창이라는 것과는 거리가 멀지만 두어 명의 관객을 앞에 두고 서서 자신의 영혼을 자꾸만 들여다보는 그런 뮤지션의 느낌도 아니다. 풍성한 반주가 있고 감각적인 멜로디가 있어 따라 부를 수 있고 부르게 되고 그러다 보면 나도 모르게 눈도 감게 되는 내 안으로 빠져드는 그 안에서 세계와 내가 하나되는 그런 노래가 아니다. 차라리 리듬, 덜컥 소리를 내면서 탈구하고 덜컥 덜컥 그리고 두 줄을 건너가서 다시 덜컥 하는, 얼음으로 말하자면 앞의 얼음이 부서지고, 그 앞이 새롭게 결빙되어 가는 리듬으로 가득한 노래에 가깝다. 박솔뫼의 소설을 도무지 이해할 수 없다는 사람은 유감스럽게도 이 부분을 맛볼 수 있는 감수성이 없는 것이다.[*] 그

---

[*] 가토 노리히로, 이승진 옮김, 「그래서, 무슨 의미란 말이야? ― 이 소설의 말, 그리고 이 소설이 소설인 까닭」, 『사요나라, 갱들이여』(향연, 2004), 340쪽.

렇다고 좋네 좋아 고개를 까닥까닥하며 귀를 기울이다 보면 어느새 익숙해져 더는 들리지 않게 되는 그런 노래는 아니고, 엘리베이터나 백화점 화장실이 들려주는 편안한 노래가 아니고, 익숙해지나 이제 지루해지나 싶은 생각이 들기도 전에 덜컥 덜컥 변하는 리듬으로 사람을 화들짝 놀라게 만드는 리듬으로 이루어진 노래다. 각 변의 길이가 다른 계속해서 변하는 쉬지 않고 구르는 여러 개의 삼각형으로 만들어진 바퀴가 달린 노래다. 따라 부를 수 없고 없다는 걸 알면서도 나도 모르게 흥얼거리게 되는 노래다.

내가 지금 그렇게 하는 것처럼.

3

제니 준 스미스.

1954년 태어남.

1976년 '돌핀(Dolphin)'이라는 제목의 음반을 발표, 몇 차례의 공연을 가졌다. 이후 아무런 음악적 활동을 하지 않았다. 준의 음악은 발표 직후에는 별다른 반응을 얻지 못했으나 시간이 흐르며 서서히 그의 음악을 찾아 듣는 사람들이 생겨났다. 2000년대 초입, 준의 첫 번째 음반은 재발매되었다.(7쪽)

4

　나는 앉아 있고 오른손에는 연필을 왼손에는 박솔뫼의 소설을 든다. 나와 연필과 박솔뫼의 소설은 삼각형을 이룬다. 사람들에게는 기둥이 필요한데 내게는 그것이* 연필과 박솔뫼의 소설인 것이다. 오늘 나는 그렇게 말한다. 나는 연필을 들고 1954년과 1976년과 2000년대 초입이라는 부분에 멋대로 점을 찍는다. 각각의 점과 점을 선을 그어 잇는다. 삼각형을 그린다. 1954년과 1976년과 2000년대 초입이라는 꼭짓점으로 이루어진 삼각형. 그렇게 만들어진 공간이 이 소설의 시간이다. 또는. 그렇게 만들어진 시간이 이 소설의 공간이다. 또는. 또는.

　그 안에서 준이 태어나고, 우나 아버지 송주영이 태어나고, 준이 돌핀을 발표하고, 배정과 '나'와 우나와 우미가 태어나고 (나는 이것이 각각 1978년과 1982년과 1982년과 1983년이라고 상상한다.), 우나가 준의 노래를 듣고, 송주영이 집을 나가고, 송주영이 죽고, (대구 상인동에서 가스가 폭발하고), 전북의 중소 도시에 살던 '나'가 대구로 이사하고(1997년 무렵인 듯), 일본에 살던 우나와 우미가 대구로 이사하고, '나'와 우나와 우미와

---

* 박솔뫼, 「차가운 혀」, 『그럼 무얼 부르지』(자음과 모음, 2014), 10쪽.

배정이 만나고(1998년 가을일까), 우나가 잘하는 것을 하고, 배정이 4수생이 되고(그렇다면 1999년 봄), 우나가 계속해서 잘하는 것을 하고, (우미와 배정이 섹스를 하거나 하지 않고), 우미가 부산으로 가려고 하지만 가지 않고, 대신 배정이 부산에 다녀오고, 우나가 뉴욕의 지도를 그리고, 우나가 무서워하고, 우나와 우미가 미국으로 떠나고(그해 여름), 우나가 죽고, 배정이 전문대학교를 졸업하고, 우나가 죽고, 준의 음반이 재발매되고, 우미가 돌아오고(아마도 2003년), 우나가 죽고, 우미가 돌아간다.

나는 계속해서 점을 찍는다. 점과 점을 선을 그어 잇는다. '나'와 우나와 준을 잇고, '나'와 우나와 우미를 잇고, '나'와 배정과 우미를 잇고, 우나와 우미와 배정을 잇고, 준과 송주영과 우나를 잇는다. 전북의 중소 도시와 대구와 부산은 잇지 않고, 우나의 방과 대구타워와 들판을 잇고, 일본과 대구와 미국을 잇는다. 내가 너무 당연한 것만 잇고 있나? 생각하며 준과 돌핀과 달리아를 잇고, 나와 '나'와 준을 잇고, 나와 준과 박솔뫼를 잇고, 박솔뫼와 박솔뫼와 박솔뫼를 잇는다. 어떤 점은 이어지고 어떤 점은 아니고 어떤 삼각형은 중요하고 어떤 삼각형은 아니지만 나는 아랑곳하지 않고 자꾸자꾸 선을 긋고 점을 잇고 정삼각형 이등변삼각형 부등변삼각형 직각삼각형 둔각삼각형 예각삼각형을 그리고 크고 작은 삼각형들을 그린다.

그게 박솔뫼를 읽을 때 내가 하는 일이다.

5

하나의 꼭짓점은 언제나 다른 꼭짓점 사이에 위치한다. 그것은 삼각형의 속성이다. A-B-C, B-C-A, C-A-B, A-B-C…… 혹은 A-C-B, C-B-A, B-A-C…… 솜씨 좋은 곡예사가 펼치는 저글링처럼 끝없이 서로가 서로를 쫓으며 일정한 리듬으로 같은 자리를 뱅글뱅글 맴도는 것이다. 그것이 삼각형이 굴러가는 방식이다. 도시의 시간이 흘러가는 방식이다. 하지만 『도시의 시간』의 시간은 조금 다르다. 박솔뫼는 도시의 시간을 좀처럼 좋아할 수 없고, 『도시의 시간』의 시간을 흘러가게 하는 건 박솔뫼의 문장이기 때문이다. 문어체와 구어체가 패턴 없이 뒤섞인 서술 스타일*로 쓰여진 비문에 근접한 문장, 불완전한 문장도 있고, '나'의 생각, 추측, 소망, 그리고 가상적 대화 상대자의 목소리가 하나의 문맥에 무차별적으로 섞여 있기도 하며,

---

* 손정수, 「모더니즘의 문체와 리얼리즘의 문제는 어떻게 하나의 이야기 속에 양립할 수 있었는가? — 박솔뫼론」, 『그럼 무얼 부르지』(자음과모음, 2014), 229쪽.

화자의 '전의식(前意識)'에서 솟아나는 상념들이 두서없이 전사(傳寫)되어 있기도* 한 문장. 그런데 그렇게 결론을 내릴 수는 없어. 왜? 음악을 들으면 아무 생각이 안 드니까. 그런데 이걸 읽으면 그렇구나 하게 되는데 다시 음악을 들으면 아무 생각이 안 드니까.(20~21쪽) 따라서 그냥, 박솔뫼의 문장. 문장들. 잘 쓰는 것 같다는 생각이 조금이라도 들면 그게 싫고 그럴 때면 '약간 넘어져야지' 생각하는** 그녀는 솜씨 좋은 곡예사가 아니고 그렇다고 솜씨가 나쁜 것도 아닌데 그럼 곡예에 반대하는 곡예사라고 해야 하나 너무 저글링을 잘하는 것 같을 때면 일부러 꼭짓점을 놓치는 곡예사다. 덜컥 꼭짓점이 떨어지면 덜컥 직선이 되어 버린 나머지 두 점은 덜컥 덜컥 새로운 꼭짓점을 찾아 나선다. 삼각형을 되찾기 위해. 그렇지 않으면 시간은 흐르지 않는다. 하나의 세계가 흔들리면 그 흔들리는 세계와 상관없이 자신을 지켜줄 또 다른 세계가 있어야 하는 것이다.*** 그것이 『도시의 시간』의 시간이 흘러가는 방식이다.

---

* 김홍중, 「탈존주의(脫存主義)의 극장 ─ 박솔뫼 소설의 문학사회학」, 《문학동네》, 2014년 여름호, 83쪽.

** 「소설가 박솔뫼 "장면과 장면의 충돌에 재미 느껴요"」, 《연합뉴스》, 2014년 2월 11일.

*** 박솔뫼, 「차가운 혀」, 『그럼 무얼 부르지』(자음과 모음, 2014), 10쪽.

6

하지만 그들은 좀처럼 나아가지 못한다. 허공에 뜨거나 바닥을 구르기도 하면서 단순하거나 복잡한 무늬를 그리지만 결국 비슷한 자리를 맴돈다. 두 개의 삼각형. 1954년과 1976년과 2000년대 초입의 삼각형과 우나와 우미와 배정의 삼각형을 생각할 필요가 있다.

우나의 경우. 우나는 뒤를 돌아본다. 아버지가 죽고 우나와 준과 송주영의 삼각형이 망가졌지만 새로운 꼭짓점을 찾지 못했기 때문이다. 우나는 아버지의 가출과 행방불명, 이어진 죽음을 이해할 수 없다. 이해하지 못하기에 아버지의 흔적을 비울 수 없고, 이해하는 사람이 없기에 대체할 수도 없다. '나'도 그 삼각형의 꼭짓점은 아니다. 하지만 준은 있다. 우나와 준이라는 직선. 우나가 아는 준은 모두 송주영이 주고 간 것이다. 우나는 그걸 마음에 품은 채로 할 수 있는 것들을 한다.(104쪽) 바로 아버지로서의 준이라는 상상적인 꼭짓점을 찾아 삼각형을 복원하는 일. 1954년의 준을 찾는 일. 그래서 우나는 준을 기다렸다. 가까이에 있든 멀리에 있든 기다렸다. 먼 것이 얼마나 먼지 걷고 걸어도 만날 수 없는 것인지 지켜봐야 했다. 그러다 보니 우나는 기다리는 것을 잘했고 잘하는 것을 매일같이 했다.(22쪽) 그녀의 방에서. 그 방은 레몬과 없는 시간이었다.(97쪽) 어디에도 기록되지 않는 공간이었다.(38쪽) 하지만 우나가 준에 대해 더 알아 가려 할수록 우나는 점점 더 밖으로 향했고 한 걸음 더 내밀었다. 지금의 우나는 대부분의 시간을 방에서 보낸다. 하지만 언젠가 우나는 더 멀리 갈 것이다.(58쪽) 미국까지 멀리. 하지만 우나는 준이 있는 내일로 가고 싶은 게 아니다. 그런 생각은 우나를 무섭게 한다. 괴롭게 한다. 침대에 누워 팔다리를 풀어 놓은 채로 느리게 숨을 내쉬며 우나가 기다린 건, 그녀를 제외한 시간들이 흘러가는 것이다. 흐르고 흘러서 과거의 준이 없는 시간 속에 멈춰 있는 그녀에게 와 닿는 것이다.

우미의 경우. 우미는 미래를 생각했다. 나는 평범하게 학교 다니고 학교 졸업하면 회사 다니고 회사 끝나면 애인 만나고 애인은 여러 명 아니고 그때는 한 명이고 그렇게 살려고 생각했거든요.(119쪽) 우미가 찾는 삼각형의 꼭짓점은 생각 속에 있고 생각은 미래에 있다. 미래, 우미에게는 그게 있다. 그리고 그게 있는 사람은 세상에 별로 없다.(16쪽) 하지만 우미는 미래로 가는 길을 찾지 못한다. 우미는 이유를 안다. 평범하게 학교를 다닌다는 현재가, 현재라는 꼭짓점이 결여되어 있기 때문이다. 그걸 아는 우미는 학교에 가지 못하는 대신 여기저기를 돌아다녔다. 사람들을 만나고 이야기를 하고 쇼핑을 하고 웃고 즐거워했다. 우미는 나와 우나, 배정 그 세 사람이 평소에 만나는 사람들을 합친 것보다 많은 사람들을 만나고 다녔다. (……) 하지만 우리가 그렇게 우미를 인정해도, 그런 우리를 집에 두고 거리를 헤매며 사람들을 만나고 또 만나도 우미는 허전해했다. 괴로워했다.(15~16쪽) 배정은 우미의 꼭짓점이 아니다. 누구도 그녀의 꼭짓점이 아니고 그녀 또한 누구의 꼭짓점도 아니다. 우미는 꼭짓점을 찾아 막연한 미래를 향한다. 늘 사라지는 우미는 여기에 없고 있던 적이 없다.

배정의 경우. 늘 대구에 사는 배정은 같은 학원을 몇 년이나 다니는 4수생 배정은 도시의 시간을 산다. 사는 것처럼 보인다. 그런데 제자리걸음만 한다. 삼각형을 만들지 않기 때문이다. '나'를 불쌍해하던 배정은 늘 친절하던 배정은 착한 배정은 우미를 좋아하게 된 후부터 '나'를 예전만큼 친절하게 대하지 않는다. 배정이 원하는 건 자신과 우미가 직선으로 연결되는 것이다. 우미도 안다. 아니까, 배정과 단둘이 밥을 먹던 우미가 우연히 마주친 나를 붙잡는다. 언니. 같이 있다 가요. 우리 다 가까운 데 살잖아요. 언니가 없으면 슬퍼요. 왜 내가 없으면 슬프지? 허전하잖아요. 셋이 있다가 둘이 있으면 허전하잖아요.(49쪽)

마지막으로 '나'의 경우. 나는 우나와 우미와 배정의 삼각형이 만들어 낸 공간을 산다. 1954년과 1976년과 2000년대 초입의 삼각형이 소설의 무대라면 우나와 우미와 배정의 삼각형은 나의 동선이다. 그건 과거도 현재도 미래도 없는 공간이고 끝도 시작도 없는 시간이며 무엇에도 집중할 수 없고 경험할 수 없는 장소다. 배정은 우미에 집중하고 우미는 자신에 집중하고 우나는 준에 집중하며 나는 우나에 집중하지만…… 정말이야? 이게 집중인가. 있지 나는 우미를 바라보다 우나와 고개를 끄덕이고 보통은 우나를 생각하지만 우나가 준을 생각하는 것처럼은 아니야. 배정이 우미를 생각하는 것처럼도 아니겠지.(59쪽) 나는 준을 바라보는 우미를 바라보며 과거도 현재도 미래도 아닌 공간 속에서 내가 어린 것도 늙은 것도 아니고 모든 것을 할 수 있는 언젠가(128쪽)를 지나친다. 시제가 지워진 시간을 산다. 나도 보고 싶다 내가 끝낸 것의 끝을 보고 싶다(67쪽) 중얼거리지만 보지 못한다. 우미에게 우나의 죽음을 전해 듣지만, 그건 '나'가 끝낸 것이 아니다. 이해할 수도 받아들일 수도 없다. 그러니 '나'는 그것을 2000년대 초입이라고, 뭉뚱그려 말할 수밖에 없는 것이다.

7

나는 지금 눈을 감고 이 글을 쓰고 있다.

그건 내가 무언가를 너무 열심히 할 때 일어나는 일이다.

8

그렇다면 이건 일정한 리듬으로 제자리를 뱅글뱅글 도는 삼각형으로 이루어진 도시의 시간 속에서 삼각형을 만들 수 없었던 청춘의 이야기인가. 삼각형이 되지 못한 직선과 점들의 이야기인가. 경험 없는 세대가 살아가는 미래 없는, 없는 시간에 대한 이야기인가. 그런가. 정말 그런가. 그렇게 쉽게 말해 버려도 좋은가. 하지만 나는 아직 우나가 그리던 뉴욕의 지도에 대해서 말하지 않았다. 아이러니에 대해서 말하지 않았다. 박솔뫼가 쓰지 않은 것에 대해서 말하지 않았다. 나쁜 것에 대해 나쁘지 않은 말로 설명하려는 박솔뫼의 집요함에 대해 말하지 않았다. 언제부터 우린 이다지도 막연히 기쁘지도 않은 슬프지도 않은 노래를 불러야만 했을까(81쪽) 묻지 않는 박솔뫼에 대해 말하지 않았다. 박솔뫼가 끝내 그리지 않은 삼각형에 대해 말하지 않았다. 그렇게 박솔뫼가 밀고 나아가려 한 부분에 대해서 말하지 않았다.

9

아이러니에 대해서. 아이러니는 옷을 잘 입은 사람이 바지에 크림이 묻은 걸 하루 종일 고민하는 것이다. 그 남자가 그 못지않게 옷을 잘 입은 친구에게 이 옷을 사, 저 바지를 사, 저 모자를 사 라고 조언하는 것 역시 아이러니였다. 조언을 받은 그 친구가 남자의 얼룩에 대해 이야기하는 것은 아이러니에 대해 이야기하는 것이었다. 아이러니는 옷을 잘 입은 여유로운 사람들이 이야기하는 주제였다. 매일 사람들이 입에 올리지만 치사하고 덜 떨어진 기름 향수 분홍색 같은 것이었다.(29~30쪽) 아이러니는 쩨쩨한 남자고, 솜씨 좋은 곡예사고, 문학이고, 서로 모순된 화해할 수 없는 것들에 각각 점을 찍고 허공에 점 하나를 더 찍은 다음에 삼각형을 만들며 좋아하는 일이다. 나는 지금 비평은 아니고 해설도 아니고 패러디도 아니며 말하자면 콜라주 비슷한 걸 쓰고 있는데 그것 역시 아이러니의 일종이고 무엇보다 나는 아이러니를 모르면서 아이러니에 대해 쓰고 있으니 이것 또한 아이러니인가. 그렇다. 아이러니 정말 싫다.(30쪽)

10

그러니 나는 다만 이렇게 말해야겠다.

도시의 시간에서는 여러 가지 일들이 다시, 또다시 행해졌다. 지금 내 삶이 도시의 시간에서 행해지고 있는 것처럼. '나'

는 그것에 대해 이야기했다. '나'는 여기 있고 당신들은 멀리
있으니까.

오늘의
젊은 작가
05

도시의 시간

박솔뫼 장편소설

1판 1쇄 펴냄 2014년 12월 5일
1판 7쇄 펴냄 2023년 5월 22일

지은이 박솔뫼
발행인 박근섭·박상준
펴낸곳 (주)민음사

출판등록 1966. 5. 19. 제16-490호
주소   서울시 강남구 도산대로1길 62(신사동)
       강남출판문화센터 5층(우편번호 06027)
대표전화 02-515-2000 | 팩시밀리 02-515-2007
홈페이지 www.minumsa.com

ISBN 978-89-374-7305-0 (04810)
ISBN 978-89-374-7300-5 (세트)

당신이 소장해야 할 한국문학의 새로움, 오늘의 젊은 작가 시리즈